公州 멀리서도 보이는 풍경

# 公州 멀리서도 보이는 풍경

1판 1쇄 인쇄 2008. 9. 20 | 1판 1쇄 발행 2008. 9. 25
글 · 사진 나태주 | 펴낸이 김선기
편집 이교혜, 조정이 | 펴낸곳 주식회사 푸른길
출판등록 1996년 4월 12일 제16-1292호
주소 (137-060) 서울시 서초구 방배동 1001-9 우진빌딩 3층
전화 02-523-2009 | 팩스 02-523-2951
이메일 pur456@kornet.net | 홈페이지 www.purungil.com

ISBN 978-89-6291-101-5 03810

*잘못된 책은 바꿔 드립니다.

公州 멀리서도 보이는 풍경

나태주 글 · 사진

푸른길

# 차례

 1 공주와 만나다

공주라는 곳 10

공주 사람 14

　　詩 ... 말이 될는지 모르겠다 17

나의 공주 18

　　詩 ... 지금도 내 마음 속에는 23

공주에 살다 24

아내와 더불어 30

　　詩 ... 아내 37

 2 사람을 품어 주는 산천

아버지 같은 산 | 계룡산 40

어머니 같은 강 | 금강 46

산에게도 얼굴이 있다 | 장군봉 53

　　詩 ... 뒷모습 58

사람이 다니지 않는 길은 길이 아니다 | 마티재 60

사랑이 깊으니 슬픔도 깊어 | 곰나루 64

폭설 속에서도 산비둘기는 운다 | 뱁새울 길 70

중태기 놀던 개울 | 제민천  74

차라리 육친 같은 | 개오동나무  79

꽃이 피거든 배가 익거든 오시오 | 통천포  83

그리운 것은 멀리 있어야 한다 | 청벽 그리고 은개  87

집으로 돌아오는 길 | 봉황동 일모  93

쓸쓸하지만 사람 냄새가 나는 | 오거리 시장  97

영춘화 그리고 산수유꽃 | 오곡동  100

　　詩 ... 산수유꽃 진 자리  104

마음이 흘러가는 길 | 골목길  105

누렁이 | 곰나루 배나무 과수원집  107

3  속내 깊은 사람들

공주를 선진 교육의 고장이라 한다면 | 황인식 선생  114

계룡산의 정기와 금강의 숨결로 | 임강빈 시인  118

계룡산은 안녕하신가요? | 신현국 화백  123

남이 알까 무섭다 | 이문하 교장  132

추어탕 한 그릇 | 조동수 교장  137

공주의 종합 예술인 | 이걸재 씨  143

행복한 시인 | 박목월 선생 148

지극히 따스하고 순하신 손이여 | 계룡산 도예촌 사람들 154

오는 사람 막지 않고 가는 사람 잡지 않는다 | 〈금강시마을〉 사람들 164

찔레꽃 서사 | 〈율문학〉 사람들 168

## 4 다시 가 보고 싶은 그 집

해마다 식목일이면 | 여여당 176

　　詩 ... 추억이 말하게 하라 182

언덕 위 조그만 찻집 | 상록원 184

　　詩 ... 사랑이여 조그만 사랑이여 · 63 186

금강 변 조붓한 길을 따라 | 어부집 188

「부용산」노래를 듣던 깊은 밤 | 타박네 190

마침내 돌아올 곳으로 돌아온 듯한 | 새이학식당 196

　　詩 ... 거기 바로 거기서 당신 202

무언가 그리운 것이 있을 때 | 경북식당 204

공주가 다 환해진 느낌 | 청양식당 207

황매화꽃 필 때 다시 오리다 | 갑사 수정식당 211

언제든 다시 찾고 싶은 집 | 마곡사 태화식당 218

## 5 멀리서도 보이는 풍경

과거로의 시간 여행 | 공산성 한 바퀴 224

북쪽을 바라보면 눈물이 난다 | 공산성 공북루 236

공주의 퐁네프 | 금강교 243

공주에서 가장 나이가 많은 건물 | 여학생 기숙사 248

있는 그대로의 미학 | 공주읍사무소 건물 253

맑은 날의 유혹에 넘어가 | 송산리 고분군 256

인간 세계 너머 너무나 평온한 자연의 공간 | 갑사 264

우리 다시 기적처럼 만난 날 | 신원사 270

직선을 거부하는 길 | 마곡사 1 277

아이야, 마곡사 진달래꽃 보러 가자 | 마곡사 2 283

　　詩 ... 메밀꽃밭 286

돌아다보니 아무것도 보이지 않았다 | 동학사 287

또다시 흐르는 꿈결 같은 봄 | 옛 공주박물관 294

　　詩 ... 미루지 말라 300

# 1

## 공주와 만나다

# 공주라는 곳

세상을 두루 다녀 보았지만 공주처럼 아기자기한 고장도 별로 없다. 공주의 자연처럼 웅숭깊은 자연도 흔하지 않다. 예로부터 공주에는 '춘마곡春麻谷 추갑사秋甲寺'라 하여 봄에는 마곡사 봄 경치(신록)가 볼만하고 가을에는 갑사 가을 경치(단풍)가 볼만하다는 말이 있다. 이 말에는 경치 구경 얘기만이 아니라 보다 깊은 뜻이 담겨 있다. 봄과 가을, 춘추春秋라니! 춘추는 사람 나이의 다른 이름이요, 그 자체가 세월이요, 또 역사를 가리키는 말이다. 이야말로 인생과 철학이 스며든 말로 공주의 자연과 그곳 사람들을 잘 나타내 준다.

그뿐만 아니라 계룡산鷄龍山과 금강錦江은 어떠한가? 이만큼 우람한 산 하나, 이만큼 기나긴 강물 하나 만나 어울리기가 쉽지 않은 일이다. 금강 물 천 리라 하지만 금강 물은 공주 어름에서 계룡산을 만나야만 비로소 서럽고도 아름다운 비단강을 완성한다. 계룡산 또한 금강 물과 어울려서야 그 자신 신령스런 산으로 깊어진다. 공

금강교가 놓이기 전(적어도 1930년대), 나룻배를 타고 금강을 건너 통학하고 있는 학생들.

주 시내로 시야를 좁혀도 마찬가지다. 공산성公山城과 제민천濟民川!
이 또한 보통의 만남이 아니고 보통의 어울림이 아니다. 도심 한가
운데로 유유히 흐르는 개울 하나도 그러하려니와 그 끝자락에 금강
물을 등에 지고 동그마니 나앉은 산성 하나야말로 공주 시가지의
핵심이라 할 것이다.

일찍부터 계룡산에는 네 개의 절이 있었다. 동쪽에 동학사東鶴寺,
남쪽에 신원사新元寺, 서쪽에 갑사甲寺, 북쪽에 구룡사九龍寺. 이 절들
은 절로서만이 아니라 계룡산을 지켜 주고 계룡산을 더욱 계룡산답
게 만들어 주는 산의 일부이다. 이렇게 네 방위에 그럴듯한 절을 하

나씩 앉히고 있는 산이 또 있다는 이야기를 아직은 들어 본 적이 없다. 동서남북 그리고 중앙. 이는 동양의 음양오행설에 근거한다. 서울의 사대문(흥인지문, 숭례문, 돈의문, 숙정문)이 그러하고 공주 공산성의 네 개의 누각인 동문루東門樓, 진남루鎭南樓, 금서루錦西樓, 공북루拱北樓의 존재가 또한 그렇다. 이런 사례들은 예로부터 공주 사람들이 살아온 삶의 품격을 짐작하게 한다.

공산성도 보통의 산성이 아니다. 가히 백제 왕궁이 들어설 만한 터전이다. 도심 한가운데 이만큼 고색창연한 수풀을 이루기도 어렵거니와 산성 곱이곱이에 품고 있는 자취 또한 수풀 못지않다. 공산성에 들어갔다 나오면 언제나 한바탕 기나긴 꿈을 꾼 것만 같이 느껴짐은 그러한 산성의 매력 때문일 것이다. 공산성 둘레를 돌 때 내가 가장 좋아하는 곳은 동문루와 광복루 사이의 토성 부근이다. 그 위에 높이 서서 바라보면 공주 시가지뿐만 아니라 멀리 공주 분지의 산봉우리들까지 그대로 내려다보인다. 봉긋한 산봉우리들 하나하나가 젊은 어머니 젖가슴같이 보이기도 하고 봉분이나 초가지붕같이 보이기도 하다가 끝내는 그 모든 산봉우리들이 한데 어울려 한 송이 커다란 꽃송이처럼 보이기도 한다. 꽃송이라도 그저 그런 꽃송이가 아니다. 소담스러운 함박꽃이거나 작약, 그 너울대는 넓은 이파리의 꽃송이로 보인다.

공주가 그런 곳이다. 자연이라 하더라도 쓸쓸히 홀로 있는 자연이 아니라 서로 어울리고 짝 지어 의초로운 자연이요, 자연과 산천을 이야기하면서도 인생과 철학에 바탕을 두고 하는 사람들이 바로 공주 사람들이다. 그러니 내 일찍이 공주에 반하지 않을 수 없었고 좋아하지 않을 수 없었다. 그래서 나는 공주에 살고자 했고 지금도 공주에 살고 있으며 앞으로도 공주에 살고 싶은 한 사람이다.

# 공주 사람

초등학교 교장으로 승진하고 얼마 안 되었을 때의 일이다. 함께 교장으로 승진한 사범학교 선배 한 분이 전화를 했다. 의례적인 안부 전화인 줄 알고 무심코 받고 보니 용건이 있는 전화였다.

"나 교장, 교장으로 발령되었으니 우리 모임에 들어와야지. 그래서 안내해 주려고 전화했네."

"무슨 모임인가요?"

"응, 공주 시내 교장 모임이야. 그런데 이 모임엔 몇 가지 자격 조건이 있어."

"뭔데요?"

"그게 말야. 공주하고 관계있어. 우리 모임은 교장들 모임은 모임인데 공주에서 태어나고 공주에서 초등학교 나와서 공주에서 교장 노릇 하는 사람들만 들어올 수 있는 모임이야."

"그런가요? 그럼 전 안 되겠는데요."

"왜?"

"전 공주가 아니라 서천에서 태어났고 초등학교도 서천에서 다녔거든요."

"그런가? 그럼 나 교장은 안 되겠네."

얘기는 그것으로 끝났다. 더 이상 진행시킬 이유가 없었기 때문이다. 전화를 끊고 나서 한동안 멍한 기분에서 헤어나지 못했다. 알지도 못한 모임에 들어오라고 했다가 자격이 안 되니 그만두라는 선배의 전화를 어떻게 받아들여야 할 것인가. 혼란스럽기까지 했다. 생각해 보니 그게 공주 사람들이었다. 공주 사람들의 생각과 행동과 살아가는 모습이었다. 그만큼 공주 사람들은 뿌리가 깊다. 흔들리지 않는다. 외지에서 태어나고 자란 사람이 아무리 오래 공주에 와서 머물러 살아도 공주 사람들은 그를 선선히 공주 사람으로 받아들여 주지 않는다. 나 같은 경우에 '서천 사람이 공주에 와서 오래 머물러 산다'고 말할 따름이다.

우리 집 식구 네 사람을 기준으로 말해 본다면 아내와 나는 서천 사람이고 부여 사람일 따름이다. 완벽한 공주 사람은 딸아이 한 사람뿐이다. 아들아이는 네 살 때 공주로 와 공주의 초등학교를 다니기는 했지만 태어난 곳이 서천이고 서천에서 주는 주민 등록 번호를 받은 사람이다. 공주 사람이 되기는 참 어렵다. 내가 선배 교장이 제시한 바와 같이 완벽하게 공주 사람이 될 수 있는 방법은 없다. 방법이 있다면 오직 하나, 세상의 목숨이 다한 뒤 공주 사람을

어느 봄날 금학동의 볕바른 길가에 나와 앉은 남자 어른.

아버지 어머니로 택해 다시 태어나고 그런 뒤에도 공주에서 자라
공주에 있는 초등학교를 나오는 도리밖에는 없다. 그렇게 할 수는
없는 일일 것이고, 공주를 열심히 사랑하고 공주에 더욱 오래 살면
서 반만이라도 공주 사람이란 말을 듣고 싶다. '한국의 시인 나태
주'이기도 하지만 '공주의 시인 나태주'로 불리고 싶은 게 또 하나
의 조그만 꿈이다.

# 말이 될는지 모르겠다


공주가 참 아름다운 고장임을
공주 사람들만 모르고 산다고 말하면
말이 될는지 모르겠다

공주 사람들이 참 좋은 사람들임을
공주 사람들만 모르고 산다고 말하면
이것도 말이 될는지 모르겠다

내가 당신을 당신도 모르게 오래도록
혼자서 사랑해 왔음을
당신만 모른다고 말하면
참말 이것도 말이 될는지 모르겠다

아니다. 당신이 오히려 나를 이때껏
혼자서 사랑해 오고 있음을 나만
눈치 채지 못하고 살고 있다면
정말 이것은 말이 될는지 모르겠다.

# 나의 공주

공주를 처음 만난 것은 열여섯 나이 때, 공주사범학교에 들어가면서였다. 사범학교는 초등학교 교원을 길러 내는 학교로 고등학교 3년 과정을 밟도록 되어 있었다. 취직하기가 무척이나 어렵던 시절이라 시골에서 중학교를 졸업한 공부깨나 한다는 아이들이 몰렸다. 나는 공주에 와 비로소 서양 문물의 실체와 만났다. 피아노 소리를 처음으로 들어 본 곳이 공주이고, 여러 군데 서점에서 문학 서적을 마구잡이로 구해서 읽은 곳도 공주이고, 근대화된 거리, 도시다운 거리를 처음으로 보게 된 곳도 공주이다. 그 거리를 누비고 다니는 새하얀 교복 깃의 여학생들을 바라보면서 나는 얼마나 가슴 벅차고 설레었던가.

태어나고 자란 고장은 금강 하류에 자리 잡은 서천이고 공주는 금강 중류쯤에 위치한 소도시이다. 물고기로 친다면 제법 많이 거슬러 올라온 셈이다. 공주는 공기부터가 달랐다. 지대가 조금 높아

서 그랬던가. 분지라서 그랬던가. 맑고 신선했다. 가을이면 땅바닥
으로 쇠리쇠리한('눈부신'의 뜻) 햇빛이 쏟아져 내려 쌓이는 소리가 쟁
강쟁강 들리는 듯싶었다. 도시를 둘러싼 멀고 가까운 산들이 모두
금방 세수하고 난 얼굴인 듯 선명하게 건너다보였다.

  이담에 어른이 되면 반드시 공주에 와 살리라. 그것은 운명적인
만남이었고 무모한 소년의 한 결의였다. 기어코 시인이 되겠노라
는 소망과 더불어 공주에 와 살겠다는 소망을 한 가지 더 추가해 갖
게 된 것이다. 그런 뒤로 공주는 나에게 그리운 고장이 되었다. 멀
리서도 그립고 가까이서도 그리운 공주. 머물러 살 때도 아득하게
그립게 느껴지고 떠나서 살 때는 더욱 그렇게 그리워지는 곳이 바
로 공주란 고장이었다. 나에게 공주는 더 이상 나아갈 수도 없고 물
러설 수도 없는 최후의 보루가 되어 갔다.

  공주에 눌러 살게 된 것은 1979년, 당시 공주교육대학 부속국민
학교(현 공주교육대학교 부설초등학교) 교사로 직장을 옮기면서부터다. 만
나이 34세. 청년이라고 하기에는 적지 않은 나이였다. 그러나 도시
로 나가 살 것인지 아니면 계속 시골에 묻혀 살 것인지 심각하게 고
민해 보아야만 했다. 더 이상 세월을 보낸다면 영영 기회가 주어지
지 않을 것만 같은 예감이 들기도 했다. 생각 끝에 내린 결론이 공
주로 직장(학교)을 옮기자는 것이었다.

  이삿짐이라야 별것이 없었다. 우선 초등학교 때부터 굳세게 사용
해 온 앉은뱅이책상이 하나. 책을 넣은 종이 상자가 너덧 개. 그리

고 아내의 짐과 살림살이가 몇 덩어리. 비키니장이 그중 제일 덩치 큰 짐이었다. 비키니장이란 속이 빈 둥근 쇠막대기로 뼈대를 세우고 그 위에 비닐이나 천을 둘러서 만든 간이 옷장으로, 그 당시 가난한 사람들이 애용했다. 조립식이어서 풀었다 다시 조립해도 됐지만 이삿짐이 너무 초라해서 그냥 자동차에 싣고 가기로 했다. 자동차래야 소형 용달차 한 대면 족했다.

짐을 모두 싣고 나니 사람이 타고 갈 좌석이 문제였다. 조그만 차라서 앞자리에 운전석과 조수석 하나밖에 없어 아내와 아들아이가 타고 가기로 했다. 우리 집 가족은 겉으로는 세 사람이었지만 실제로는 네 사람이었다. 아내의 뱃속에서 아직 태어나지 않은 딸아이가 자라고 있었던 것이다. 짐 실은 차를 먼저 보내고 버스로 뒤따라갈까 하다가 짐 내릴 때를 생각해서 짐칸에 앉아 가기로 했다. 아직은 겨울의 끄트머리인 2월 하순. 아침 공기가 매서웠다. 하지만 그까짓 추위쯤이 대수랴. 이제부터 공주에 가서 살게 되었다는 생각만으로도 나는 가슴이 뜨거워졌다. 찬바람 속에 휘파람이라도 날리고 싶었을까. 자, 가 보자. 공주로 가자. 이제부터 모든 걸 다시 시작해 보는 거다. 그런 생각이었을 것이다.

그러나 공주에 도착하여 짐짝을 내리고 보니 앞으로 살아갈 일이 아득했다. 시골에서 혼자 꿈꾸던 것과는 여러모로 상황이 달랐다. 가까이 지내던 사범학교 시절의 은사나 후배 문인은 시큰둥한 표정으로 건너다볼 뿐 적극적으로 나서서 도와주려는 눈치가 아니었

문예반을 지도해 줄 선생님이 없어 실습반에 들어갔다. 토끼 몇 마리한테 풀을 주는 게 고작 하는 일이었다. 오른쪽에서 세 번째가 나.

다. 우리가 사글세로 들기로 한 집은 동네 통장의 일을 보는 사람네 집인데 주변 환경이 어수선할 뿐 아니라 우리가 들어가 살 방은 그 가운데서도 가장 구석진 곳에 있는 후진 방이었다. 평소엔 헛청으로 비워 둔 방 같았다. 게다가 푸세식 화장실까지 가까이 있었다. 그래도 어쩌겠나. 싼값으로 사글세를 살아야 할 처지니 이런저런 악조건을 감내할 수밖에.

이사 와 몇 달이 지나 딸아이가 태어났다. 아내는 날마다 셋집의 작두샘(펌프를 설치한 샘)에서 물을 길어 올려 기저귀를 빨아 널었다. 때로는 칭얼대는 아들아이를 등에 업고 그런 일들을 했을 것이다.

아니나 다를까, 집주인의 불평이 대단했다. 작두샘물을 너무 많이 퍼서 쓴다느니 빨랫줄을 많이 차지한다느니 하는 식이었다. 이사 올 때는 아이가 하나밖에 없다더니 왜 아이가 둘이냐고 들이대듯 말하기도 했다는 거다. 그것 참! 그러면 방을 얻고 이사 오는 사람이 아내의 뱃속에 자라고 있는 아기에 대해서까지 밝혀 주고 방을 얻는단 말인가.

어쩌다가 학교에서 일찍 돌아와 보면 세 살배기 아들아이가 마당에서 연탄재를 파헤치며 놀기도 했다. 더러는 연탄재 속에 들어 있는 닭똥을 뒤지면서 놀기도 했다. 야, 이 녀석아. 그건 닭똥이란 말야. 아들아이의 손에서 닭똥을 떨어내고 우물로 데리고 가 손을 씻어 줄 때면 가슴 깊은 곳에서 울컥하고 치미는 그 무엇이 있었다. 집 없는 자의 슬픔이여, 고달픔이여.

# 지금도 내 마음 속에는

지금도 내 마음 속에는 열여섯
열일곱 살 먹은 소년이 살고 있다
그 소년은 옛 공주사범학교 2층 건물
유리창 가에 붙어 서서 먼 곳을 바라보고 있다

금학동 수원지 쪽으로 열려진 산들, 굼실굼실
파도, 파도처럼 물결쳐 간 크고 작은 산들
가까이서부터 멀어질수록 더욱 짙어져 가는
초록에서 군청색 짙은 바다 물빛까지
가을 햇빛 아래 밝고 환한 가을 햇빛 아래서면
더욱 산들은 멀리 아득하게 보이곤 했다

그 때부터다, 가 본 일 없는 알프스가 떠오르고
머언 나라가 못내 그리워 꿈꾸게 된 것은
그 때부터다, 동경의 모가지가 가늘고 길고
또한 애달픈 보랏빛이라는 것을 알게 된 것은.

# 공주에 살다

2월 말에 이사 와 6월에 딸아이를 낳고 얼마 되지 않아서 더운
여름철이 닥쳤다. 우리가 세 들어 살고 있는 집은 슬레이트 지붕에
다 천장까지 낮아서 해가 떠오르기만 하면 아침나절부터 덥기 시작
했다. 불가마 속 같다고나 할까. 도저히 방 안에서 견뎌 내기가 어
려웠다. 게다가 우리에겐 더위를 식히거나 피할 수 있는 아무런 방
책도 없었다. 장기간 머물 만한 시골집이 있는 것도 아니고 피서를
떠날 만큼 주변머리가 있었던 것도 아니다. 부채와 달달거리는 낡
은 선풍기 한 대가 의지할 수 있는 유일한 피서 도구였다.

해가 지고 나도 방 안의 열기는 여전했다. 낮 동안 햇볕에 달구어
진 지붕이며 벽에서 뿜어져 나오는 열기로 그랬다. 집이 개울가에
있어서 물것까지 많이 날아 들어와 엉기니 불도 마음 놓고 밝힐 수
없다. 방 안으로 들어갈 수도 없고 무작정 바깥에서 서성거릴 수
도 없고⋯⋯. 하는 수 없이 우리 식구는 덥혀진 방 안의 공기가 어

느 정도 식을 때를 기다려 유랑 길에 오른 사람들처럼 마을의 골목 길을 어정거려야만 했다. 아들아인 걸리고 딸아이는 안고. 그러다 가 마음에 드는 장소가 있으면 그 자리에 한동안 주저앉아 있기도 했다.

세 든 집 가까이에 조그만 교회가 하나 있었다(지금도 그 교회는 그 자리 에 그대로 있다). 교회 역시 개울가에 자리 잡고 있는데 교회 옆은 야산 으로 이어져 있고 야산이 시작되는 곳에 너럭바위 하나가 있다. 우 리는 저녁마다 버릇처럼 그 너럭바위를 찾아갔다. 그만한 쉼터가 없었던 것이다. 바위에 앉아서 보면 저물어 가는 하늘에 제 집을 찾 아서 날아가는 새들이 보였다. 아, 새들도 자기 집이 있어 저렇게 제 집을 찾아서 날아가는데 도대체 우리는 뭐란 말인가.

바위는 밤이 깊어도 따스한 온기를 그대로 지니고 있었다. 그 온 기가 우리를 반겨 주고 위로해 주는 바위의 마음이라도 되는 듯했 다. 그래서 우리는 더욱 오랫동안 바위 위를 떠나지 못했다. 그러나 무작정 퍼질러 앉아 밤을 보낼 수는 없는 일. 두 아이에게 달라붙는 물것들을 조그만 부채로만 쫓기엔 역부족이었다. 우리에게도 집이 있었으면……. 터덜터덜 걸어 사글셋방으로 돌아오면서 입을 열어 말은 하지 않았어도 아내의 심정 또한 나와 다르지 않았을 것이다.

우리 부부는 두 아이를 데리고 좀 더 본격적으로 마을 구경에 나 섰다. 집을 살펴보기 위해서였다. 속칭 지막골. 행정 구역 이름으로 는 금학동. 개울을 따라 길이 나 있고 길을 따라 양쪽으로 집들이 들어차 있다. 고등학교 다닐 때 이 마을에서 하숙이나 자취를 했기에 이 마을에 대해서 대강은 알고 있는 터였다. 이 마을에 있는 집들은 겉모습이 닮았다. 아니, 똑같다. 같은 시기에 같은 목적으로 같은 사람들이 한꺼번에 지었기 때문이다. 흔히 이 마을의 집들을 후생 주택이라고 부른다. 6·25 전쟁 후 미국에서 보내 준 원조 물자로 지어서 집 없는 가난한 사람들에게 싼값에 나누어 준 집이라서 그렇다는 것이다. 내가 처음 이사 왔을 때만 해도 이 마을 사람들의 사는 형편은 너나없이 힘들었다. 그래서 다른 동네 사람들은 이 마을 사람들을 생보자 또는 생활 보호 대상자라 불렀고, 동료 교사들은 나더러도 그렇게 불렀다.

"여보, 교회 윗동네에 적당한 집이 하나 났대요. 우리 한번 가 봐요."

어느 날 아내가 활기찬 목소리로 말했다. 아마도 그동안 동네 사람들에게 입 소문을 내놓았는데 그것이 답이 되어서 돌아온 모양이었다. 다음 날 우리는 팔려고 내놓았다는 집을 찾아가 주인과 만났다. 주인 내외는 순후한 인상의 사람들로 남편이 나와 같은 초등학교 교원으로 일하고 있다고 했다. 복덕방을 끼지 않고 사고파는 사람끼리 직접 주고받는 거래가 좋다고 했다. 집값은 400만 원.

자세히 살펴보지 않아도 집이 많이 헐었다는 것을 한눈에 알 수 있었다. 어쩌면 그리도 집을 가꾸지 않고 살았는지 의아스러울 지경이었다. 성한 곳이 한 군데도 없지 싶었다. 철대문은 부식될 대로

공주 중동천주교회 올라가는 계단을 붙잡고 놀고 있는 우리 집 두 아이, 병윤이와 민애.

부식되었고 유리창의 나무틀은 썩어 내려앉기 직전이었다. 집의 몸체라 할 벽도 발로 건드리기만 해도 시멘트 조각이 푸슬푸슬 부서져 내렸다. 좁은 마당 역시 전혀 손을 보지 않아 돌부리가 울퉁불퉁 나와 있었다. 다만 맘에 드는 것은 마당 한 편에 서 있는 커다란 감나무 두 그루였다. 대지는 32평. 건평이 16평.

　이사를 와 집 안으로 들어와 보니 내부는 더욱 엉망이었다. 집을 지은 뒤로 한 번도 도배를 하지 않은 듯 덕지덕지 때가 묻은 벽이며 천장에 무엇보다 문제가 되는 것은 창틀이었다. 깨지고 망가진 유리창 사이로 찬바람이 술술 들어왔다. 어쩔 수 없이 널따란 비닐을 구해다가 창문이란 창문은 모조리 밖에서 봉해 버렸다. 그랬더니 이번엔 방안의 수증기가 창문에 서려 창틀이 썩기 시작했다. 그런들 어떠랴. 겨울 추위만 넘기고 봄이 되면 집을 고칠 계획을 우리는 가지고 있었으니까 말이다.

비록 헌 집이지만 우리만의 방이 생기고 마루가 생기고 부엌이 생기고 작두샘이 생겼다는 것만으로도 우리 식구들은 충분히 마음이 따뜻했고 오랫동안 행복감에 젖을 수 있었다. 그 집에 들어 살기를 13년. 두 번씩이나 대폭적으로 집 수리를 하느라 수월찮이 돈도 들었지만 좋은 일도 제법 있었다. 우선 아이들이 자란 것이 가장 큰 보람이었다. 아들아이는 중학생이 되었고 딸아이는 초등학교 고학년이 되었다. 나는 그 집에서 두 번씩이나 큰 문학상을 받았으며, 통신 대학 공부에 이어 대학원 공부를 했고, 교직에서는 교감으로 승진했다가 전문직으로 전직하기도 했다.

30대 중반에서 40대 후반까지 인생의 가장 중요하고 좋은 시기라 할 나이를 보냈던 집. 우리 가족이 세상에서 맨 처음으로 가져 보았던 삶의 터전. 그 집에 살면서 가장 기억에 남는 것은 좁은 마당에 만든 휴식 공간이다. 좁은 마당인 푼수치고는 지나치게 크다 싶은 두 그루의 감나무. 그 두 그루의 감나무 사이에 드리우는 짙은 그늘이 좋았다. 그 부분에 시멘트 벽돌을 네모나게 쌓고 겉을 곱게 발랐다. 우리는 그것을 '평상'이라 불렀다. 볕이 들 때면 아이들은 그 평상에서 놀았고 춥지 않은 계절에는 그 위에서 밥을 먹기도 했다. 더러는 강낭콩을 듬성듬성 넣어서 찐 밀개떡을 먹기도 했을 것이고, 애호박을 썰어 넣고 끓인 수제비나 국수를 별식으로 먹기도 했을 것이다.

그러나 지금 그 집은 헐리고 지상에 없다. 우리가 아파트로 이사 올 때 우리에게 집을 산 새 주인이 한동안 살다가 헐어 버렸다. 내가 무던히도 아끼고 좋아했던 두 그루의 감나무도 베어 없어지고 우리 식구들이 애용하던 '평상'도 사라져 버렸다. 지금은 마음속 기억으로만 남아 있는 우리 집. 아니 우리가 잠시 살았던 집. 그리고 감나무 두 그루와 '평상'. 무엇이 정말로 있는 것이고 또 무엇이 정말로 없는 것이란 말인가……

2007. 8. 16 대전을
당진에서 그네도 。

# 아내와 더불어

아내는 이제 내게 여자가 아니다. 나 또한 아내 앞에서 더 이상 남자가 아니다. 우리는 이제 중성의 사람들이다. 서로가 서로의 일부가 되어 버린 사람들이다. 그래서 편안해질 대로 편안해졌고 그럴 수 없이 친숙한 인간관계가 되었다. 우리는 서로가 보호자요, 서로가 기대고 의지할 기둥이거나 조그만 언덕이다. 이게 다 세월이 만들어 준 고마운 선물이 아니고 무엇이랴……. 세월의 힘은 막강하다. 그 무엇으로도 당해 낼 수 없는 힘을 가졌다. 34년 세월을 우리는 하루도 빼놓지 않고 눈만 뜨면 얼굴을 마주했으며, 지지고 볶는 부부 싸움도 남들보다 더 많이 더 열심히 하면서 살아왔다.

아내가 아니었다면 우리 가족의 오늘날 살아가는 모습은 더욱 형편없었을 것이다. 특히 돈 문제에서 지금보다 더 힘들었을 것이다. 요즘이니까 그렇지 결혼 초기 초등학교 교사였던 우리의 경제 사정은 말씀이 아니었다. 교직 생활과 문단 생활을 병행하면서 바깥나들이가 잦았고 매달 일정량의 신간 도서를 구입했기 때문에 우리의 살림은 늘 궁색함을 면치 못했다. 게다가 나에게는 비밀스런 돈빚까지 있었다. 모두가 바깥 활동을 하느라고 얻어서 쓴 것이었다. 아이들이 생기면서 살림살이는 더욱 힘들어졌다. 그래서 나는 우리 집 돈주머니를 둘로 나누었다. 그것은 경작하는 논을 둘로 나두어 두렁을 만든 것에 비견될 것이다. 하나는 내가 가진 논, 또 하나는 아내와 두 아이를 위한 논. 만약 내가 정해진 용돈 이외로 돈이 필요하게 되면 아내한테서 빌려서 쓰도록 하였다. 그리고 돈이 생기면 갚아 나갔다. 그렇게 하여 나의 논에는 물이 마를망정 아내의 논에는 물이 마르지 않도록 하며 살았다.

아내는 참으로 돈을 아끼며 산다. 돈에 대해서 지독한 생각과 실천력을 지닌 사람이다. 그녀는 한동안 한 달에 한 번만 돈을 세는 사람으로 살았다. 무슨 얘기냐 하면 월급을 탄 날에 앞으로 1개월 동안 쓸 돈을 계산하여 요모조모로 쪼개어 이것은 찬값, 이것은 신문 대금, 또 이것은 아이들 용돈……. 그런 식으로 종이 갈피에 끼워 두고 거기에 적힌 명목대로만 돈을 썼다. 충동구매나 과다 지출이 있을 수 없었고, 처음 예상했던 것보다 돈이 더 들어가면 아예 그 방면에서는 돈 쓰는 것을 중지해 버렸다. 해마다 겨울이 가까워지면 아내는 쌀과 연탄과 김장할 배추를 제일 먼저 사들였다. 그 세 가지만 있으면 어떻게든 겨울을 날 수 있지 않겠느냐는 나름대로의 판단에서 그랬을 것이다.

지금도 마음이 아픈 것은 돈 때문에 아이들에게 마음고생을 많이 시켰던 일이다. 토요일이나 일요일 오후가 되면 우리가 살던 금학동 골짜기 마을로 목마아저씨가 찾아오곤 했다. 큰 길거리에서부터 '태극기가 바람에 펄럭입니다' 하는 노래가 들려오면 목마아저씨가 찾아왔다는 신호였다. 목마래야 바퀴가 달린 네모나고 길쭉한 상자 위에 조그만 목마 몇 개를 얹어 끌고 다니는 것이었다. 그래도 동전을 넣으면 목마가 아래위로 끄덕끄덕 움직이게 되어 있었다. 그러나 정해진 시간이 되면 여지없이 딱 멈춰섰다. 아이들은 초라한 목마를 타면서도 신바람이 났다. 목마타기를 좋아하기는 두 아이가 마찬가지였지만 딸아이 민애가 더욱 목마타기를 좋아했다. 민애는 돈만큼 목마가 흔들리다가 멈춰 서도 목마에서 내리려 하지 않고 한동안 제 힘으로 목마를 굴러 보다가 내리곤 했으니 말이다.

그러나 아내의 주머니 사정은 번번이 목마를 태워 줄 만큼 넉넉하지를 못했다. 엄마가 달래면 다섯 살짜리 병윤이는 그래도 들을 만했지만 세 살짜리 민애는 막무가내였다. 목마 아저씨가 저를 태워 주지 않고 그냥 지나가면 강그라지도록('자지러지도록'의 방언) 울었다. 그래서 아내는 「태극기」 노래 소리가 들리기만 하면 쇠붙이로 된 그릇을 세차게 두드리며 민애가 그 노래 소리를 듣지 못하도록 했다. 하지만, 아내의 애달픈 노력도 귀 밝은 민애한텐 통하지를 않아 번번이 수포로 돌아가고, 끝내는 아이를 업고 목마를 태워 주러 가든지 아니면 아이가 발버둥 치며 우는 것으로 결판이 나곤 했다.

나더러 들으라고 그러는 건지 지나가는 말로 그러는 건지 지금도 아내는 가끔 이런 얘기를 한다.

"운동회나 소풍 때에 아이들이 그렇게 좋아하던 켄터키치킨이란 걸 한 번도 시켜 주지 못했던 일이 마음에 걸려요. 점심시간이면 옆에서 밥을 먹는 학부형이 우리가 선생님 가족인 것을 알고 그릇 뚜껑 같은 데에다 켄터키치킨 두어 덩이를 담아서 건네주곤 했지요. 그러면 아이들은 그걸 받아서 좋아라 맛있게 먹었어요. 얼마나 아이들한테 미안한 일이에요. 오죽했으면 병윤이가 초등학교 2학년 때 일기에 '우리 집은 아빠가 선생질을 하여 근근이 먹고 산다'고 썼겠어요."

두 아이 가운데 민애는 엄마를 따라 시장에 구경 가는 걸 좋아했는데 시장에 가기만 하면 꼭 한 가지씩 일이 터지곤 했다. 가진 돈은 없는데 무언가 사 달라고 졸라서 그랬다. 한번은 이런 일도 있었다고 아내가 말했다.

"시장 골목을 가다 보니 난전에 딸기 장수가 있었어요. 민애는 가던 걸음을 멈추고 손을 잡아끄는 거예요. 그러더니 손가락으로 딸기를 가리키는 거예요. '엄마, 딸기, 딸기 사 줘. 딸기가 먹고 싶단 말야.' 그러나 그 날도 아이에게 딸기를 사 줄 만한 돈이 없었지요. 하는 수 없이 딸기 장수 앞으로 가서 말했지요. '아주머니, 딸기 네 개만 팔 수 없나요? 아이가 너무나 먹고 싶어서 그래요.' 그랬더니 딸기 장수가 어이없다는 표정으로 바라보다가, '이봐요. 어떻게 딸기 네 개를 팔아요. 사람 놀리는 것도 아니고 나 원 참 별사람 다 보겠네.' 하며 핀잔을 주더군요."

이런 얘기를 들을 때마다 나는 아내에게 미안하고, 이제는 성인으로 자라 버린 아이들에게 여간 미안한 마음이 드는 게 아니다. 젊은 시절 나는 결코 고분고분 부드러운 남편이 아니었고, 가정적이려고 노력은 했지만 유능한 아버지, 짬짬하고('짭잘하고'의 방언) 자상한 아버지는 못되었다. 우선 내가 하는 일들이 급하고 중요했다. 나름대로 벅차고 힘에 부친다는 생각도 했다. 학교에 가 선생으로 사는 일, 글 쓰는 문인으로 사는 일, 거기다가 뒤늦게 방송통신대학을 거쳐 교육대학원에 다니면서 공부하는 일, 교감으로 승진하고 다시 교장으로 승진하는 일, 더러는 사회단체에 참여하는 일 등등. 하나같이 소홀히 하거나 버릴 수도 멈출 수도 없는 중요한 일들이었고 가정을 지키며 우리 아이들을 교육시키는 일 또한 결코 수수방관할 일은 아니었다.

나름대로 나도 모든 일에 최선을 다했노라 항변하고 싶지 않은 건 아니다. 하지만 아내의 숨은 고초와 노고에 비할 바가 아니다. 아내는 일생을 오직 우리 가족만을 위해서 산 사람이다. 아내의 마음속엔 오직 세 사람밖엔 없다. 그 세 사람 외엔 아무도 들어갈 틈새가 없다. 아내의 세상은 세 개의 공깃돌을 가지고 그걸 매만지며 노는 지극히 단순한 세상이다. 남편과 아들아이와 딸아이, 이렇게 세 사람이 아내의 세계 전체였다. 오직 그 세 사람만을 위해 인내하

1981년 가을, 갑사 현판이 보이는 계단 앞에
서 아내와 두 아이.

고 염려하고 봉사하고 기다리면서 살아온 사람이 아내다. 아내는 하나님께 기도를 드릴 때도 그 세 사람만을 위해서 길게 길게 하고 자신에 대한 기도는 한 문장이나 두 문장 정도 말미에 가볍게 보탤 따름이다.

집안 살림밖엔 모르고 산 여자. 보다 넓고 새로운 세상에 대해선 아예 눈을 감고 귀를 막고 산 여자. 기도하는 능력밖엔 없는 여자. 그러나 살림 솜씨는 기가 막힌 여자. 하나님께 기도하여 한 번도 거절 당해 본 일이 없는 여자. 그런 아내가 쳐 준 마음의 울타리 안에서 우리 집 세 식구는 어제도 평안했고 오늘도 평안하고 내일도 평안할 것이다. 여보 이적지('이제껏'의 방언) 데리고 살아 줘서 고맙소. 앞으로도 내치지 말고 잘 데리고 살아 줬으면 참 고맙겠소.

# 아내

새각시
새각시 때
당신에게서는
이름 모를
풀꽃 향기가
번지곤 했습니다
그럴 때마다 나는
당신도 모르게
눈을 감곤 했군요

그건 아직도
그렇습니다.

# 2 사람을 품어 주는 산천

# 아버지 같은 산

## 계룡산

　예로부터 인간은 저 홀로 인간일 수 없었다. 인간끼리 어울려 인간이었고 자연과 더불어 인간이었다. 산천의 품속에서 인간이었다. 그러므로 인간은 자연의 아들딸일 수밖에 없고 자연을 닮을 수밖에 없다. 자연이 유순하다면 인간도 유순하도록 되어 있고 자연이 험하다면 인간 또한 이를 따라갈 수밖에 없으리라. 산과 강. 그는 적어도 한국인에게는 부형父兄의 품격에 버금가는 대상이다. 산이 아버지라면 강은 어머니다. 엄하면서도 자애스러운 아버지이고 살갑고도 정이 넉넉한 어머니이다.

　공주 사람들에게 계룡산과 금강은 그야말로 큰 품을 지닌 아버지 같은 산이고 어머니 같은 강이다. 공주 사람들은 그가 의식하든 안 하든 그 마음속에 계룡산과 금강을 간직하고 살아가는 사람들이다. 아니, 계룡산과 금강의 품에 안겨서 살아가는 사람들이다. 공주 지역에서 눈을 들어 멀리 그리고 높이 보이는 산봉우리가 있다면 그것은 계룡산이고 계룡산 줄기로서의 어떤 봉우리이며, 발길 닿는 곳이라면 그곳은 금강이고 금강으로 흘러드는 지천의 어디쯤일 것이다. 언제 어디서고 계룡산과 금강의 영역 안에서 살아가는 사람들이 공주 사람들인 것이다.

계룡산. 산도 높지만 이름이 더 높은 산이다. 신라 시대 이래 오악五嶽 가운데 하나로 일러 왔다. 백두산, 묘향산, 금강산, 그리고 계룡산이고 지리산이었다. 그렇게 다섯 개의 산이었다. 조선 시대엔 중악中嶽으로서의 계룡산이었다. 상악은 묘향산, 하악이 지리산이었다.

지리적으로는 '차령산맥의 한 줄기가 금강에 침식되면서 형성된 잔구성殘丘性 산지'란 주장이 있고, '차령산맥과 노령산맥 사이에 이룩된 잔구성 산지'란 주장도 있다. 지도를 펼쳐 보면 노령산맥이 북으로 뻗어 올라가다가 금강에 막혀 서 있는 것처럼 보이기도 한다.

풍수지리에서 계룡산은 금계포란형金鷄抱卵形(금닭이 알을 품은 형태)이라 하기도 하고, 회룡고조형回龍顧祖形(산이 고개 돌려 조상을 돌아보는 듯한 형태) 혹은 산태극수태극을 이루었다 하여 최상의 길지吉地로 평가되기도 한다. 이는 태백산에서 남서 방향으로 뻗어 내린 산줄기(소백산맥)가 덕유산에서 치받아 북으로 올라와 계룡산이 되어 멈춘 것을 산태극으로 봄이요, 전북 장수·진안에서 발원하여 계룡산의 외연을 감돌아 서해로 흘러가는 금강을 수태극으로 보는 견해이다(서거정徐居正, 『취원루기聚遠樓記』).

어쨌든 계룡산, 보통이 아닌 산이다. 바라보기만 해도 사람으로 하여금 신령스러운 그 어떤 기운을 느끼게 하는 산이다. 무엇보다도 하늘로 치솟아 울쑥불쑥한 바위산의 봉우리들이 다른 그 어떤 산하고도 다르게 보인다. 이어진 봉우리들이 닭의 벼슬을 닮았다 해서 계룡산이라 이름 했다는 이야기가 있다. 조선 초기 무학 대사가 태조와 새로운 왕도 자리를 보러 다니다가 계룡산을 만나 앞에서 밝힌 바, 금계포란형이란 말과 함께 비룡승천형飛龍昇天形이라고 말해 거기서 각각 '계' 자와 '용' 자를 따 계룡산이 되었다는 이야기도 있다.

아닌 게 아니라 계룡산 지역은 조선 시대 유력한 왕도 후보지로 선정되어 기초 공사가 진행되기도 했던 곳이다. 오늘날 계룡시 지역이다. 실제로 계룡시에 가면 왕궁의 초석을 볼 수 있다. 이 지역은 과거에 유사 종교와 신흥 종교의 집산지였다. 이는 『정감록鄭鑑錄』과도 관계가 깊다. 『정감록』에서는 계룡산 일대를 혼란 시대에도 화를 피할 수 있는 십승지지十勝之地 가운데서도 으뜸 지역으로 꼽았다. 그러나 1975년 국립공원 정화 사업과 1984년 육군본부(계룡대) 설치를 위한 정화 사업에 의해 계룡산의 종교촌 사람들은 산산이 흩어졌다.

계룡산은 산의 형상이 웅장하고 아름답다. 23개의 봉우리와 7개의 골짜기, 5개의 폭포나 소沼(혹은 추湫)를 품고 있다. 계룡산 봉우리 이름과 높이에 대한 기록은 자료마다 조금씩 달라 정확한 것을 찾

평범한 마을 중장리 기와지붕 위로 보이는 계룡산 산봉우리.

기 힘들 정도다. 가장 정확하다고 여겨지는 자료에 의하면 다음과
같다(국립공주박물관, 『鷄龍山』, 서울 : 통천문화사, 2007).

천황봉(845.1m), 쌀개봉(829.5m), 관음봉(816m), 삼불봉(775.1m), 머리봉
(773m), 문필봉(756m), 연천봉(738.7m), 치개봉(664m), 황적봉(605m), 장군
봉(500m), 수정봉, 신선봉, 갓바위.

이상은 계룡산 줄기에 있는 봉우리들이고 그 둘레에는 다음과 같
은 봉우리나 산들이 있다.

도래산, 도덕봉(534m), 백운봉, 빈계산(415m), 금수봉(532m), 관암산(526.6m) 등은 동쪽의 수통골 지역, 봉제봉(353m), 제차봉(526.6m) 등은 남쪽 지역, 꼬침봉(416m), 고청봉 등은 북쪽 지역.

이 가운데에서 가장 높이 솟은 주봉(상봉)은 천황봉이다. 그러나 등반 대상으로서는 관음봉을 치고, 풍수상의 주봉으로는 삼불봉을 꼽기도 한다. 계룡산에 있는 폭포나 소는 또 이렇다.

은선폭포, 용문폭포, 숫용추, 암용추, 사봉소류지.

계룡산의 아름다운 자연경관을 정리하여 보여 주는 건 계룡팔경이다. 호사가들이 만들어 놓은 언어유희 같지만 그런 대로 다시 한 번 음미해 볼 만한 자료이다.

제1경 천황봉天皇峰 일출日出, 제2경 삼불봉三佛峰 설화雪花, 제3경 연천봉連天峰 낙조落照, 제4경 관음봉觀音峰 한운閒雲, 제5경 동학계곡東鶴溪谷 신록新綠, 제6경 갑사계곡甲寺溪谷 단풍丹楓, 제7경 은선폭포隱仙瀑布 운무雲霧, 제8경 오뉘탑 명월明月.

계룡산처럼 우리나라의 전통 종교들이 한데 모여 정답게 어울리는 산도 그다지 흔하지 않을 듯싶다. 그야말로 유불선 통합이다. 우선 산의 네 방위에 커다란 사찰이 하나씩 자리 잡고 있으니(동-동학사, 남-신원사, 서-갑사, 북-구룡사 터) 불교의 산이다. 동학사 영역에 유교와 관계된 몇 군데 사당(숙모전, 삼은각, 동계사)이 있으니 유교의 산이기도 하다. 그뿐 아니라 신원사 중악단에서 국가 규모의 산신제를 지내 왔으니 선교(혹은 무교)의 산이기도 하다.

세상의 그 어떤 억울하고 슬픈 귀신이 몰려와도 마다하지 않고 품어 주는 산이 계룡산이다. 그만큼 자애롭고 품이 넓은 산인 것이다. 그 뿐이 아니다. 계룡산은 살아 있는 인간들에게도 매우 너그럽고 온유한 산이다. 지금까지 한 번이라도 조난 사고가 있었다는 소식을 들어 본 적이 없는 산이 바로 계룡산이다. 왜인가? 계룡산이 산맥과 연결되어 있지 않고 외따로 독립된 산이기에 그러하다. 산 위나 골짜기에서 어느 쪽으로든 내려가기만 하면 마을로 연결되게 되어 있다. 그러니 조난 사고가 일어날 까닭이 없는 것이다. 이만하면 아버지같이 어진 산으로서의 조건을 두루 갖춘 산이 아니겠는가. 이미 공주 사람들에겐 계룡산이 그냥 산이 아니라 존경이나 외경, 신앙의 대상으로서의 계룡산이었던 것이다.

# 어머니 같은 강

## 금강

공주 지역에는 금강을 금강이라 부르지 않고 '비단강'이라 부르는 사람들이 더러 있다. 나도 그 가운데 한 사람이다. 비단강. 비단 한 필을 다 풀어놓은 듯 아름답게 흐르는 강이란 뜻이다. 참으로 금강은 그 흐름이 부드럽고 순한 강이다. 전혀 소리가 나지 않는다. 무심히 보아서는 흘러오는 쪽과 흘러가는 쪽이 분간이 안 갈 정도다.

공주 사람들이라고 해서 금강이 아름다운 강이고 부드러운 강이고 순한 강이란 것을 처음부터 알 수는 없는 일이다. 비교개념이 있어야 한다. 이런저런 강을 두루 돌아보고 나서야 비로소 알게 되었을 것이다. 그건 나의 경우도 마찬가지. 일찍이 문학 모임의 일로 화엄사에 간 적이 있었다. 마침 여름 장마철이었는데 지리산 옆을 스쳐 가는 섬진강에 물이 불어 강물이 콸, 콸, 콸, 소리를 내며 흘러가고 있었다. 늘 고요한 금강만 보아 온 나로서는 그러한 섬진강이 꽤나 의아스러웠다. 아! 저렇게 소리를 내며 흐르는 강도 있었구나.

그것은 금강이 부드러운 강이고 소리 없는 강이고 비단 같은 강이란 것을 깨닫는 계기가 되었다.

금강은 남한 지역에서는 한강과 낙동강 다음으로 긴 강이고 섬진강과 더불어 4대강에 들어간다. 전라북도 장수군 장수읍 수분리水分里 신무산神舞山 뜬봉샘(비봉천飛鳳泉)이란 곳에서 발원하여 충청남도 금산으로 처음 발을 들여놓고 충청북도와 대전광역시 지역을 거쳐 공주, 부여, 논산을 두루 흘러 다시 전라북도과 충청남도의 도계를 이루며 흐르다가 충청남도 서천군 장항읍과 전라북도 군산시 사이를 빠져 황해 바다로 흘러든다. 장장 401.4km로 천 리가 넘는 긴 흐름이다. 유역 면적은 9,885.77km²로 남한 면적의 10분에 1에 해당되는 넓이이다.

공주 지역에 흐르는 금강은 금강의 중류쯤 된다. 강폭이 넓고 훤칠해 보인다. 흘러 흘러 가며 아름다운 여울이며 소를 만들기도 하고 절벽이며 나루가 있는 풍경을 보여 주기도 한다. 그러나 요즘은 상류 지역에 만들어진 댐들(대청댐, 용담댐)로 수량이 많이 줄어 아쉬운 생각이 든다. 옛날엔 조그만 나룻배가 부강芙江(대전과 청주 부근에 있는 포구)까지 올라갔다는데 지금 같아서는 상상도 못해 볼 일이다. 아무래도 금강이 강으로서의 본모습을 보여 주는 건 여름 장마철이지 싶다. 상류 지역에 홍수라도 지면 강폭을 가득 메우고 벙벙하게 흘러가는 황토색 강물이 장관이다. 특히, 공산성 아래 금강대교 난간을 붙잡고 서서 바라보는 금강의 풍경이 제일이다. 그때야말로 살

약속 없이 불쑥 찾아가도 반가이 맞아 주는 고향 집 모친과 같이
강물은 인간을 타박하지 않고 맞아들여 부드럽게 쓰다듬어 주는 덕성을 지녔다.


아 숨 쉬는 금강의 실체를 만날 수 있는 기회이다.

　한동안 대운하 건설 정책이 입줄에 오르내려 걱정했는데 그게 수
그러들어 참으로 다행이다. 남한의 4대강은 청계천하고는 다르다.
청계천은 한정적인 지역이고 일부 계층(상인)의 생활이 걸린 문제이
지만 대운하 공사는 전 국토를 재편성하는 일이다. 어찌 그게 만만

한 일이겠는가. 그건 산을 모르고 강을 몰라서 세운 정책이다. 산과 강은 그냥 산과 강이 아니다. 역사와 문화와 함께 산과 강이다. 인간과 함께 산과 강이다. 더 나아가 산과 강이 인간이고 인간이 산과 강이다. 결코 단순치가 않다. 인간의 온갖 사랑과 미움, 애증의 세월과 더불어 산과 강인 것이다. 여러 가지 이유를 댈 것이다. 무엇보다도 물 부족 해결과 수상 교통, 관광, 환경 보존 등 동원할 수 있는 모든 이야기를 할 것이다. 그러나 그것은 하나의 궤변에 지나지 않는다. 그런 일들이 필요하다면 다른 방법으로 해결하면 되는 일이다. 어찌 우리가 금강에 바친 추억과 사랑까지를 갈아엎는단 말인가! (그건 한강이나 낙동강, 섬진강 주변 사람들에게도 마찬가지다.)

공주 사람들에게 금강이란 계룡산과 함께 마음속 깊숙이 각인된 이름이다. 공주 사람들처럼 금강이란 단어를 애용하는 사람들은 어느 지역에도 없지 싶다. 단체 이름이나 기관 이름, 건물 이름, 아파트 이름에 금강이란 말이 안 들어간 곳이 별로 없을 정도다. 심지어 병원 이름, 슈퍼마켓 이름까지 금강이란 이름은 널리 애용된다. 어쩌면 공주 사람들은 금강이란 이름을 공주란 이름과 같은 뜻으로 생각하고 있는지도 모른다.

문학 작품에서 금강이라고 하면 신동엽 시인과 그의 서사시 「금강」을 쉽게 떠올릴 것이다. 어떤 면에서 금강은 신동엽 시인의 전유물처럼 되어 있는 듯한 느낌이기도 하다. 신동엽 시인의 금강은 다분히 집단적이고 사회적인 시각에서 본 금강이다. 또한 역사의

식이 깊게 투영된 금강이다. 과거의 삶과 오늘의 삶을 꿰뚫는 힘을
지닌 금강이다.

百濟,
옛부터 이곳에 모여
썩는 곳,
망하고, 대신
거름을 남기는 곳,

錦江,
옛부터 이곳에 모여
썩는 곳,
망하고, 대신
정신을 남기는 곳,

바람버섯도
찢기우면, 사방팔방으로
날아가 새 씨가 된다.
그러나
찢기우지 않은 바람버섯은
하늘도 못 보고,
번식도 없다.

— 신동엽, 「금강」 제23장 일부

신동엽 시인은 백제의 고도古都 부여 출신이다. 금강이 한 구비 더 흘러내린 논산시 강경 출신인 박용래 시인도 금강을 노래한 시를 썼다. 그것은 「黃山메기」란 시인데 물고기인 메기를 소재로 하여 생명 의식을 아름답게 승화시킨 시이다. 더 나아가 생태 문제나 환경 문제에까지 접근하도록 유도해 주는 시이다.

내가 생각하는 금강은 또 다른 빛깔의 금강이다. 사람이 다르니 시도 달라질 수밖에 없고, 금강에 대한 시각도 달라질 수밖에 없다. 내가 생각하는 금강은 지극히 개인적이고 정서적이고 생활적인 금강이다. 오래 사귀어 온 애인이거나 정다운 이웃이거나 친구와 같은 강이다. 살가운 누이와 같은 금강이다. 이름 부르면 금방이라도 고개 끄덕여 대답해 줄 것만 같은 금강이고 손을 뻗으면 잡힐 것만 같은 금강이다. 그야말로 지호지간指呼之間의 금강인 것이다.

비단강이 비단강임은
많은 강을 돌아보고 나서야
비로소 알겠습니다

그대가 내게 소중한 사람임은
더 많은 사람들을 만나고 나서야
비로소 알겠습니다

백년을 가는

사람 목숨이 어디 있으며
오십 년을 가는
사람 사랑이 어디 있으랴……

오늘도 나는
강가를 지나며
되뇌어 봅니다.

— 나태주, 「비단강」 전문

금강을 군이 하나로 볼 필요는 없다. 고정적으로 볼 이유도 없다. 역사 속에 박제된 강으로 보아서도 안 된다. 금강은 현재 진행형의 강이고 미래 지향의 강이다. 살아 있는 목숨으로서의 강이다. 그러므로 사람마다 다양하게 보아야 한다. 자유스럽게 대해야 한다. 금강은 어떤 한 사람의 전유물이어서는 결코 안 된다. 그럴 수가 없는 일이다. 말하자면 신동엽이나 박용래나 나태주의 금강만이 아니라는 말이다. 앞으로 나오는 시인들도 충분히 금강의 시인일 수 있다. 요는 얼마나 그가 금강을 마음 깊이 사모하고 오랫동안 간직하느냐는 점이다.

# 산에게도 얼굴이 있다

## 장군봉

　얼굴은 사람에게만 있는 게 아니다. 동물이나 식물에게도 있고 바위나 산에게도 있다. 특히나 크고 잘생긴 산에게 얼굴의 형상은 뚜렷이 있게 마련이다. 앞모습이 있는가 하면 옆얼굴이 있고 뒷모습도 있게 마련이다. 계룡산 같은 경우, 산의 덩치가 크고 봉우리가 많다 보니 어떤 것이 산의 얼굴이라고 딱히 말하기는 어렵다. 봉우리마다 하나씩 얼굴이 있다고 보아야 할 것이다.

　그러나 산은 제 얼굴을 쉽사리 보여 주지 않는다. 바라보는 위치가 맞아야 하고 또 얼굴을 잘 볼 수 있는 시간대를 택해야 한다. 계룡산 봉우리 가운데서 연천봉이나 천황봉같이 아주 높은 봉우리의 얼굴을 제대로 보려면 헬기라도 타고 올라가 하늘 어디쯤에선가 멈춰 서야 할지도 모른다. 허공 중이 산의 얼굴을 보는 자리일 수 있다는 이야기다.

　계룡산의 여러 봉우리 가운데 비교적 낮고 마을 가까이까지 내려

온 봉우리로 장군봉이 있다. 공주에서든 대전에서든 박정자 삼거리에서 90도로 길을 꺾어 동학사 들어가는 길 오른편으로 올려다보이는 봉우리가 장군봉이다. 바라보기만 해도 우람하고 잘생겼다. 장군봉이란 이름을 붙일 만하게 남성적인 인상의 봉우리이다.

이 장군봉의 앞모습은 아무래도 동학사 들어가는 길목에서 바라보는 모습일 것이다. 뒷모습은 상신리 도예촌 들어가는 길에서 올려다보이는 닭 벼슬 모양의 연봉일 것이다. 그러나 장군봉의 진면목을 볼 수 있는 자리는 유성에서 넘어오는 고갯마루 어디쯤이다.

예전엔 삽작고개라 불렀었다. 고개가 상당히 높아서 그 고개를 올라서기만 하면 장군봉이 갑자기 온몸으로 다가서곤 했다. 바로 정면의 얼굴이다. 우람한 산이 떡하니 막아서면 숨이 막힐 정도로 감동적이었다. 그러나 그 뒤로 점점 고갯길이 깎이고 낮아져서 이제는 장군봉의 얼굴을 제대로 보기가 어렵게 되었다. 장군봉의 얼굴을 제대로 볼 수 있는 자리가 허공 어디쯤으로 사라져 버린 셈이다.

나는 가끔 사람들이 숨겨 놓은 얼굴을 볼 때가 있다. 자기도 모르는 얼굴이다. 대개 정면의 얼굴은 잘 다듬어진 얼굴이다. 인식이 지배하는 얼굴이고 긴장이 따르는 얼굴이다. 꾸며진 얼굴이고 거짓의 얼굴일 때가 있다. 그런가 하면 옆얼굴은 무덤덤한 얼굴이다. 퉁명스럽고 권태로운 얼굴일 때가 있다. 어쩔 수 없이 던져진 얼굴이다. 그에 비하여 뒷모습은 무방비 상태의 얼굴이다. 그냥 그대로 타인에게로만 열려진 얼굴이다.

장군봉. 저 맨 얼굴을 보려고 몇 번을 찾아갔는지 모른다.

이 같은 세 가지 얼굴, 세 가지 표정과 전혀 관계가 없는 얼굴이 있다. 가령 앞쪽을 바라보고 있다가 갑자기 고개를 돌려 옆을 바라볼 때, 앞모습이 옆얼굴로 바뀌는 순간에 찰나적으로 보이는 얼굴이다. 그 눈길이 칼에 베인 듯 섬뜩하게 느껴질 때가 있다. 숨겨진 얼굴, 얼굴의 임자도 모르는 얼굴을 그만 보아 버리고 만 것이다. 그건 하나의 비밀한 일이다.

대개의 경우, 야비한 얼굴이거나 비루한 얼굴이기 쉽다. 살기 띤 얼굴일 때도 있다. 사람의 얼굴과 얼굴 사이로 짐승의 얼굴이 잠깐 숨어들어와 번득이는 순간이다. 아, 안 보았으면 좋았을 것을! 후회가 되기도 한다. 하지만 이런 순간에도 여전히 순박하고 깨끗하고 맑고 선량해 보이는 얼굴이 있다. 굳이 동물의 얼굴에 비긴다면 초식 동물의 그것. 그 영혼의 얼굴이 그대로 드러난 얼굴. 참 좋은 얼굴이다. 그런 얼굴을 가진 사람을 만나기가 쉽지 않다. 그런 얼굴을 보기는 더 쉽지 않다.

산의 경우도 마찬가지다. 더구나 커다란 산, 높은 산, 계룡산같이 신령스럽기까지 한 산은 그 얼굴을 쉽게 보여 주지 않는다. 아니, 허락해 주지 않는다. 장군봉이야말로 오가는 행인들에게 계룡산의 이마빡처럼 분명하고 우뚝하게 잘 드러나 보이는 산이다. 흔히들 사람들은 날마다 장군봉을 보았다 할 것이다. 잘 아노라 그러기도 할 것이다. 참말로 사람들은 계룡산을 본 것이고 잘 알고 있는 것일까? 장군봉의 진짜 얼굴은 그렇게 호락호락한 것이 아니다. 아무에게나 보여 주는 얼굴이 아니다. 오래 기다려 준 사람, 깨끗한 마음으로 바라보아 주고 사랑해 주는 사람에게만 살짝, 그리고 잠시 보여 주는 비의秘意와 같은 얼굴이다.

# 뒷모습

뒷모습이 어여쁜
사람이 참으로
아름다운 사람이다

자기의 눈으로는 결코
확인이 되지 않는 뒷모습
오로지 타인에게로만 열린
또 하나의 표정

뒷모습은
고칠 수 없다
거짓말을 할 줄 모른다

물소리에게도 뒷모습이 있을까?
시드는 노루발풀꽃, 솔바람 소리,
찌르레기 울음소리에게도
뒷모습은 있을까?

저기 저
가문비나무 윤노리나무 사이
산길을 내려가는
야윈 슬픔의 어깨가
희고도 푸르다.

# 사람이 다니지 않는 길은 길이 아니다

마티재

공주에서 대전으로 가는 길은 두 갈래이다. 금강을 거슬러 동쪽으로 가다가 계룡산 지역을 스쳐 공암 방향으로 가는 길과 금강을 건너 장기 쪽으로 가다가 종촌과 대평리를 거쳐서 가는 길이 그것이다. 예전엔 공암을 거쳐 가는 길이 유일한 길이었다. 내가 처음 경주로 수학여행을 갔던 길도 이 길이다. 그 때는 금강을 따라 산기슭에 아슬아슬하게 길이 나 있어서 내려다보면 금강이 까마득하게 아래로 보이곤 했다. 그런데 지금은 길이 아주 많이 내려와 있어서 편안하고 안전하도록 되어 있다. 터널이 뚫리기 전 한때 이 길은 마티재란 고개를 넘어야 하기 때문에 기피의 대상이 되기도 했었다. 그래서 장기면 방향 길로 우회해서 다니던 시절도 있었다. 그러나 이제는 공암터널이 생겨 다시 이 길이 대전으로 통하는 길로 이용되고 있다.

공암터널을 지나다니다 보면 공주와 대전 사이의 거리가 많이 줄었다는 것을 실감한다. 한 시간 정도 걸리던 것이 반으로 줄어 버렸다. 여간 편리한 일이 아니다. 왜 진작 터널을 만들지 않았는지 게으름을 탓하는 사람도 있을 것이다. 그러나 나는 마티재를 넘어 다니던 시절이 조금 불편한 대로 아름다웠다고 말하고 싶은 사람이다. 계룡산이 슬그머니 북쪽으로 발을 뻗어 보다가 금강 물에 막혀 멈춰 버린 곳이 바로 청벽이다. 비산비야非山非野. 금강의 가장 아름다운 부분과 계룡산의 가장 부드러운 부분이 어우러진 지점이 이 청벽(혹은 창벽)과 마티재이다. 어련무던한 충청도의 산천으로서는 제법 대범하고 적극적으로 분발한 산봉우리와 절벽을 보여 주는 지점이다.

마티재는 봄과 가을의 경치가 그럴 수 없이 아름다운 곳이다. 봄에는 산버찌나무와 아그배나무의 신록이 좋고 가을에는 단풍이 또한 곱다. 내가 자동차가 없고 운전을 할 줄 모르는 사람이기에 망정이지 이쪽으로 눈을 주었다가 다시 저쪽으로 눈을 돌렸다 하기에 바쁠 정도였다. 다만 겨울철에 눈이 내리면 가끔 문제가 생기기도 했다. 버스도 끊기고 택시도 벌벌 기면서 넘어야 하기 때문에 공주에서 대전을 오가는 길이 막힐 때가 있었다. 그래서 결국 그 마티재 아래로 공암터널을 만들게 된 것이다.

터널이 뚫리자 마티재로 오르내리는 길로는 아예 자동차나 사람들이 지나다니지 않는다. 버려진 길이라 그럴까. 연인들이나 특별한 용무가 있는 차들이 지금도 혹시 오를지는 모르지만, 마티재는

61

괴테의 말처럼 고개 위에는 정말로 안식이 있는 걸까? 마티재 정상에는 언제고 몇몇 사람들이 앉아서 아랫마을을 까마득히 내려다보고 있다. 그 가운데 한둘은 내 아내이거나 아들이거나 할 것이다.

점점 사람들 뇌리에서 잊힌 고개가 되었다. 그건 이 고개의 존재를 아예 알지 못하는 젊은 세대들에게 더욱 그러하다. 사람이 사는 집도 사람이 들어 살지 않으면 쉽게 허물어진다고 한다. 사람이 건너다니는 다리도 사람들이 밟아 주지 않으면 역시 쉽게 망가지고 만다고 한다. 그건 길에 대해서도 마찬가지라서 사람이나 자동차가 지나다니지 않는 마티재는 어딘가 모르게 조금씩 나빠지는 쪽으로만 변하고 있을 것이다.

마티재. 마티재로 오르는 옛길. 그 시절이 좋았던 점도 있었는데……. 가끔 대전을 오가는 길에 나는 유심한 눈길로 마티고개를 올려다보며 중얼거린다.

# 사랑이 깊으니 슬픔도 깊어

곰나루

　애당초 걸어서 가기로 작정했던 길이다. 한참을 걷다 보니 다리가 아파 오기 시작했다. 느낌으로는 가까운데 실제로는 상당한 거리였던가 보다. 예전엔 누구나 걸어서 다녔던 그 길을 두고 이렇게 헤매고만 있는 것은 시절 탓인가, 아니면 사람 탓인가. 어쩜 그 둘이 다 변했는지도 모르겠다. 흘러가는 택시를 붙잡았다. 자동차는 대번에 사람을 목적지에 데려다 주었다. 곰나루, 옛 이름으로는 고마나루 입구에서 차를 내렸다. 거기서부터는 걸어서 갈 참으로 그랬다.

　반듯하게 포장된 시멘트 길을 몇 발자국 걷노라니 머리 위에서 낯선 새소리가 쏟아져 내린다. 찌르, 찌르, 찌, 찌르르. 그건 차라리 괴성이고 고함소리다. 운다기보다는 짖는다는 표현이 더 적당한 소리다. 아마도 녀석은 갑자기 나타난 사람의 존재에 놀랐던 모양이다. 얼마나 사람을 보지 못했으면 새까지 저럴까 싶다. 얼마 전까지만 해도 길 양옆으로 조그만 마을이 있었다. 그 사이 집들은 깡그리 헐리고 그 자리에 코스모스를 심어 놓았다. 그러나 코스모스 꽃들도 한 해 치의 생명을 다 살았다는 듯 푸수수한 꼴이다. 저만큼 건너다보이는 수풀 어딘가에서 쓰르라미란 놈이 숨넘어가기 직전처럼 울다 말다 하더니 그나마 울음을 그쳐 버린다.

천천히 걸어서 다다른 소나무 수풀. 아름드리 소나무들이 하늘을 가리면서 서 있는 그곳. 바르게 서 있기보다는 비스듬히 서로 몸을 기댄 채 서 있는 소나무들의 마을. 거기가 곰나루 솔숲이다. 얼마 전까지만 해도 학생들의 소풍 장소로 북적댔고 연인들의 밀회 장소로 사랑 받았던 곳이다. 소나무 수풀도 소나무 수풀이거니와 그 앞으로 금강 물이 휘돌아 가면서 금강에서도 가장 아름다운 모래밭을 만들어 보여 주었던 곳이다.

그러나 지금은 쓸쓸하다. 아무도 없다. 오직 바람 소리만 스쳐 지나갈 뿐. 사람들 발길이 끊긴 지 오래, 눈에 띄는 것들마다 후줄근하다. 키 큰 소나무 가지에 매어 놓았던 기다란 그네가 끊어져 있다. 그넷줄을 매달았던 소나무 가지가 부러져 내렸다. 나뭇가지며 끊어진 그넷줄이 그대로 방치되어 있어 마치 폐가에 들어선 느낌이다. 그래도 소나무 수풀 입구 쪽에 사람들의 마을이 있었을 땐 이렇게 버려진 듯한 느낌은 들지 않았다.

을씨년스러운 기분, 조금은 실망스러운 마음으로 질퍽한 솔숲 길을 걸어 등성이에 올라선다. 저만큼 앞을 막아서는 커다란 건물이 보인다. 곰나루 수풀 속에 어인 건물이람? 그것은 소나무 수풀 사이 전망 좋은 자리를 차지하고 서 있는 음식점 건물이다. 곰나루는 공주의 상징이고 공주 사람들의 자긍심이 숨 쉬는 장소이다. 더군다나 새롭게 가꾸고 바꾸겠다는 명목으로 요 아랫마을 집들을 여러 채 철거하지 않았는가 말이다. 그래 놓고 이렇게 음식점 건물을 지을 수 있게 해 주었다는 것은 도대체 앞뒤가 맞지 않는 처사다. 그러나 어찌 하겠는가. 음식점이 있는 자리가 개인 소유의 땅이라는데 자본주의 국가에서 재산권 행사를 하겠다는 걸 막아 낼 방법은 없는 일이다. 풍문으로는 행정 관청에서도 그 땅을 매입하고 싶은데 땅임자가 외국에 있는 관계로 쉽게 성사가 되지 않는다는 것이다. 참 씁쓸한 일이다.

음식점 마당을 지나쳐 곰사당에 가 본다. 곰을 신으로 모시고 제사를 지내는 곳이다. 아주 먼 옛날, 암곰 한 마리가 젊고 잘생긴 남자에게 반하여 함께 강 건너 연미산에 살았다 한다. 아이까지 둘을 낳았는데 어느 날 곰과의 사랑에 싫증이 난 남자가 나루를 건너 도망을 가 버렸다. 놀란 곰은 아이를 보여 주면서 돌아오기를 간청했으나 남자는 끝내 돌아오지 않았다. 절망한 곰은 두 아이와 함께 물에 빠져 스스로 목숨을 끊어 버렸다는 슬프면서도 아름다운 이야기가 있다.

곰사당은 열려 있었다. 대문도 열려 있고 사당 문도 열린 채였다. 마당 한편에 커다란 돌에 전설의 내용을 새긴 웅신단비熊神壇碑가 서 있고, 곰사당 안에는 예전부터 보아 왔던 두루뭉술한 곰 상이 앉아

멀리서 건너다본 곰나루 솔밭의 곰사당.
그 뒤로 보이는 산은 금강 건너 연미산이다.

웅신단 안에 모셔진 곰 상. 진품은 국
립공주박물관에 소장되어 있고 전시되
어 있는 것은 황교영 교수가 진품을 확
대해 만든 작품이다.

67

있다. 들여다보니 사당 바닥에 비닐 방석 두 장이 깔려 있고 그 옆에 타월 한 장, 실장갑 한 짝이 버려져 있다. 누군가 쉬었다 간 자리가 분명하다. 또 다시 실망이다. 곰을 신으로 모셨으면 제대로 모실 일이지 사당 안을 이렇게 어질러 놓다니……. 일 년에 한두 번 제사 지낼 때나 관에서 높은 사람 행차할 때만 눈 가리고 아웅 식으로 청소하고 다듬고 그러지 싶다.

공주에서 살다 간 타지 사람들더러 공주에서 가장 그럴듯한 곳을 치라면 금강 모래밭과 곰나루 솔밭과 공산성을 입에 올린다. 그 다음이 중동성당 건물이고 옛 박물관 벚꽃이고 우금티(우금치) 동학혁명군위령탑이다. 공주 사람들에게도 곰나루는 자랑스러운 지역이고 많은 추억이 살아 숨 쉬는 공간이다. 어떤 이는 곰나루 솔숲에 눈이 많이 내린 겨울날의 모습이 제일로 아름답다고 말하기도 한다. 눈을 뒤집어쓴 소나무 숲에 금강 쪽에서 불어오는 강바람이 실리면 신비스럽기까지 한 솔바람 소리가 들려오곤 했다는 것이다.

지금이니까 그렇지 내가 고등학교 다닐 때만 해도 이 부근은 그냥 깜깜한 시골 마을이었고 과수원이나 있었고 채소밭이나 있었던 지역이다. 송산리 옛 백제 무덤길을 지나 복숭아 과수원이 있었다. 봄이면 구름처럼 복숭아꽃이 피어났고 여름이면 복숭아가 익어 사람들을 불렀다. 그 과수원으로 가려면 나지막한 고갯길을 넘어야 했는데 그 고갯길에 하얀 마사토가 깔려 있었다. 나도 몇 번이나 친구들을 따라 그 길을 갔는지 모른다. 여름 한낮 햇빛이 비쳐 더욱 눈부신 새하얀 길로 젊은이들이 낄낄거리고 장난을 치기도 하면서 걸어갔을 것이다.

다시 음식점 마당을 가로질러 곰나루 솔숲을 빠져나온다. 나오다가 잠시 뒤를 돌아보니 정말로 좋은 자리엔 음식점이 떡하니 앉아 있고 그 옆으로 비껴서 곰사당이 앉아 있다. 곰사당이 음식점에 딸린 부속 건물처럼 보인다. 최근에 '백제큰길'이란 이름으로 길까지 새로 생겨 곰나루 솔밭은 금강과 도로 사이에 낀 섬처럼 되어 버렸다. 많이 속상하다. 곰나루 쪽을 바라볼 때 더욱 기분이 언짢아진다. 이런 마음인데 어찌 다시 곰나루 솔밭을 찾을 수 있겠는가. 마음에 새겨 기념할 만한 곳이요 자랑할 만한 곳이지만 이제 곰나루는 잊고 싶은 곳이 되어 가고 있음을 어찌하랴. 곰나루야말로 공주 사람들이 무던히도 사랑하고 아끼던 장소이다. 사랑이 깊었던 만큼 실망도 크고 슬픔도 깊은 것이 아닐까.

# 폭설 속에서도 산비둘기는 운다

뱁새울 길

밤사이 눈이 내렸다. 내리더라도 흐무지게('흐뭇하게'의 방언) 아주 많은 눈이 내렸다. 해마다 이렇게 2월 하순쯤 내리는 눈은 폭설형이다. 깜짝쇼처럼 내리는 눈이고 혁명군처럼 온 땅을 점령해 버리는 눈이다. 아마도 겨울이 떠나가면서 마지막으로 주고 싶은 선물이 있었던 모양이다.

우선 아파트 창문을 열고 베란다에서 두어 컷 신비로운 세상을 카메라에 담았다. 그러나 그쯤에서 만족할 내가 아니다. 밖으로 나가 이것저것 보면서 사진이라도 찍어 두어야겠다. 이런 날은 눈이 빨리 녹는다. 서둘러 아침밥을 먹고 등산화를 챙겨 신고 밖으로 나갔다.

우선 우금티 쪽으로 가 보기로 했다. 생각했던 것보다 많은 눈이 내렸다. 아무도 발자국을 내지 않은 인도가 다소곳이 나의 발길을 기다리고 있었다. 마을 풍경과 눈옷을 입고 있는 정숙한 수풀을 여러 장 훔쳤다. 그렇다! 이런 때는 훔친다는 말이 제격이다. 본래는 하나님 것이요 대자연의 것인데 주인 몰래 잠시 가져왔으니 훔친 게 아니고 뭐란 말인가.

멀리, 마을 앞길에 나와 넉가래로 눈을 치우는 남자들을 보았다. 오랜만에 만나는 정겨운 풍경이라 한참 동안 발길을 멈추고 바라 보았다. 노인들인지 두어 삽 치우고 허리를 펴서 먼 곳을 바라보곤 했다.

발길이 우금티의 동학혁명군위령탑 쪽으로 곧장 나아가지 않고 왼쪽으로 돌아 도로를 가로질러 뱁새울 쪽을 향했다. 뱁새울로 가 려면 조그만 고개를 하나 넘어야 한다. 그러나 그것은 고개라 하기 엔 민망한 아주 낮은 언덕 같은 것이다. 고개를 넘기 전, 오른쪽에 서 있는 건물은 노인병원이다. 예식장으로 지은 것인데 영업이 안 되어 노인병원으로 바꾸자 환자들이 많이 들었다 한다. 결국 젊은 이들을 위해 지어진 건물이 노인들을 위해서 쓰이고 있는 셈이었다.

고개를 넘다가 길가에 놓여 있는 낡은 의자 세 개를 만났다. 의자 들도 눈을 맞은 채 가지런히 앉아 있었다. 마치 눈이 내려 와 의자에 앉아 있는 것처럼 보였다. 밥그릇에 새하얀 쌀 밥이 소복히 담겨 있는 것처 럼도 보였다. 노인병원의 환 자들이 볕바른 날 나와 앉아

눈 내린 날 낮엔 모든 사물이 유순해진다. 낡은 집도 쓸쓸한 길도 길가에 버려진 의자까지
도 따스하게 느껴진다.


있기도 했던 의자였겠지 싶었다.

고개를 넘는데 주변의 분위기가 아주 달랐다. 보통 때 같으면 썰
렁했을 길이 아주 따스하고 정겨워진 느낌이 들었다. 눈 때문이지
싶었다. 고개 너머에는 사람들한테 버림받은 집이 여러 채 있다. 그
러나 오늘만은 그런 집들도 덜 쓸쓸해 보였다. 이 또한 눈이 주는

위안 때문이라는 생각이 들었다.

집집마다 개들이 짖었다. 삽살개, 누렁이, 진돗개 잡종. 가지가지 개들이 줄에 묶인 채 펄떡펄떡 뛰어오르며 내가 낯선 사람임을 알아보았다. 조금 늦은 아침 시간이라 다들 일터에 가거나 외출하고 개들만 남아 집을 지키고 있는 듯싶었다. 오늘은 어쩐 일인지 개 짖는 소리조차 짜증스럽게 들리지 않았다. 그래, 짖을 테면 짖어 보아라, 그런 심정이었을 것이다.

구부러지고 비탈진 길을 내려오는데 다시 눈발이 날렸다. 하늘빛까지 다시 꺼뭇해지고 있었다. 조금은 더 걷고 싶었지만 그럴 수 없게 되었다. 아파트 베란다에서 보면 빤히 건너다보이는 뱁새울로 가는 말랭이('마루'의 방언)에 있는 집을 지나쳤다. 할머니 혼자 사시는 집이다. 울타리도 없는 집. 길이 그대로 마당인 집. 문에 자물쇠가 채워지지 않은 걸로 보아 안에 할머니가 계신 듯싶었다.

눈길을 내려갈 때는 부디 발밑을 조심해야 한다. (인생살이 또한 그러할 터.) 조촘조촘 발자욱을 떼어 놓으며 집으로 돌아오는 길. 등 뒤에서 산비둘기가 울고 있었다. 구국구국. 어, 이렇게 폭설이 내린 날에도 산비둘기가 다 우네. 산비둘기 울음소리는 봄이 가깝다는 하나의 신호이다. 아, 그렇구나. 지금은 봄이 분명 가까운 때. 느리게 우는 산비둘기 울음소리 속에 부드러운 봄의 숨결이 숨어 있었다.

# 중태기 놀던 개울

## 제민천

공주 시내를 가로질러 흘러가는 개울 이름이 제민천이다. 제민천은 그 뜻이 참 좋다. '제민' 이라? 건질 제濟에 백성 민民. 백성을 구제한다는 뜻을 담고 있다. 불교 냄새가 물씬 풍기는 이름이다. 정말로 개울이 사람을 구제해 주었는지, 아니면 백성을 구제해 주는 개울이 되어 달라는 인간적 소망이 담겨서 그런 것인지 모르지만 어쨌든 개울 이름이 제법 의젓하고 편안하다. 제민천은 남쪽의 산기슭에서 발원하여 공주 시가지를 남북으로 가로질러 금강으로 흘러들어간다.

작든지 크든지 도시 한가운데로 개울이나 강물이 흘러간다는 것은 참 좋은 일이다. 그것은 그 도시에 사는 사람들에겐 유쾌한 일이고 축복 받은 일이기조차 하다. 그 강물이나 개울이 도시에 변화를 주고 활력을 주기 때문이다. 도시의 품격을 높여 주기도 한다. 서울 같은 경우 한강이 없어도 서울일 수 있을까를 생각해 본다. 서울에 한강이 없다면 서울의 효용성과 매력은 많이 떨어졌으리라. 아니, 도시 기능마저 불가능했을지도 모르는 일이다.

공주는 제민천을 중심으로 도시가 형성되어 있다고 해도 과언이 아니다. 제민천을 따라서 길이 나 있고 집들이 지어졌고 또 시장도 제민천을 따라서 서고 있다. 오거리 반짝 시장이 그렇고 재래시장 또한 그러하다. 그러므로 공주에서는 제민천을 중심으로 어느 쪽인지 그 방향과 거리가 중요하다. 공주에 와 처음으로 자리잡고 산 금학동은 제민천 상류에 해당하는 마을이고 공주 시내 남쪽에 위치한 구석진 동네다. 제민천이라도 상류인 만큼 물이 맑고 좋았다. 자연 그대로, 천연 그대로의 물이 흘러가고 비가 와 물이 불면 모래와 자갈이 쓸리고 구불텅구불텅 물길을 따라 흘러가는 그런 개울이었다.

그 당시 금학동 토박이들은 제민천을 무척이나 사랑하고 또 활용하며 살고 있었다. 특히 아낙네들과 제민천의 관계는 상당히 우호적이고 친밀했었던 것 같다. 제민천은 마을 빨래터를 제공했고 채소 같은 음식물을 씻는 곳으로도 활용되었다. 아내만 해도 하루에 몇 차례씩 제민천을 찾으며 살았다. 집 안에서 아내가 보이지 않는다 싶으면 그땐 제민천에 나가 무슨 일인가를 하는 시간이다. 나도 아내를 따라 제민천을 자주 오갔다. 어떤 때는 우는 아이를 등에 업고 아내를 만나러 제민천을 찾기도 했다.

우리 집에서 제민천으로 가려면 좁은 골목길을 빠져나와 논두렁밭두렁을 지나고 비탈진 길을 지나야만 했다. 조심조심 발을 내딛어야만 되는 길이었지만 제민천을 찾아가는 발걸음은 언제나 가볍고 즐거웠다. 졸졸졸, 제법 큰 소리를 내며 흐르는 개울물, 제민천. 맑은 물엔 여러 가지 물고기가 살았다. 모래무지 같은 것도 살았고 개울이 가다가 꺾여서 소를 이룬 곳에서는 장어나 메기, 자라같이 보기 드문 물고기들도 살았다. 지금 와서 얘기하면 거짓말 같지만 그것이 사실인 걸 어쩌랴.

그 중 제민천에서 가장 흔하게 눈에 띄던 물고기는 중태기이다. 중태기는 '중고기' 의 충청도 방언이다. 왜 중고기인가? 스님들이 사는 절간 가까운 개울, 맑은 물에서나 사는 고기라 해서 중고기라는 설명이다. 아닌 게 아니라 중태기는 일급수나 이급수가 아니면 살지 못하는 까다로운 성격으로, 다 자라면 몸통에 얼룩얼룩한 점이 많이 보인다. 중태기는 봄에 알을 낳는다. 여름이 오고 개울에 물이 불으면 아주 작은 중태기 새끼들이 맷방석처럼 둥그스름하게 떼를 지어 놀고 있는 모습을 자주 볼 수 있다. 아내는 그 중태기 새끼 몇 마리를 손바닥으로 떠 올려 빨래 그릇에 담아 집으로 가져와 유리병에 넣어 기르기도 했다. 아이들 보라고 그런다는 것이었다.

이러니저러니 해도 금학동에서 가장 많이 변한 것은 제민천이다. 개울을 따라 완벽하게 수직의 옹벽이 둘러쳐 있고 중간 중간에 물막이를 만들어 놓았다. 공주가 워낙 좁은 바닥이고 벌일 만한 사업거리가 부족해서 그랬던지 관청에서 손을 보았다 하면 제민천이

비가 내리고 개울물이 불면 아이들은 즐겨 자연의 일부가 되고 싶어 한다.

다. 포클레인으로 개울 바닥을 헤집고 개울에다 쓸데없는 시설물
을 만들기를 좋아한다. 그러다 보니 수중 생물들이 마음 놓고 살 만
한 환경에서 자꾸만 멀어지는 것이다.

　우리 아파트 부근을 흐르는 제민천, 금학동 동사무소 앞에 지막
골 연못이라 이름 지은 곳이 있다. 예전에 깊은 소가 있던 자리다.
거기엔 아직도 제법 많은 물이 고여 있어서 여러 마리의 물고기들
이 살고 있었다. 작년 가을까지만 해도 제민천의 대표적인 물고기
인 중태기가 아주 많이 살고 있었다. 그러나 지금 그 많던 중태기가
깡그리 사라져 버리고 없다. 놀라서 눈을 씻고 보면 물속을 유유히

헤엄치고 다니는 커다란 물고기 두어 마리. 육식을 주로 하는 외래종 물고기 베스다. 제민천 상류, 아직은 맑은 물이 고여 있는 웅덩이에, 중태기가 떼 지어 놀던 그곳에 지금은 중태기 대신 베스만이 군함이나 되는 것처럼 위협적으로 떠다니고 있다.

# 차라리 육친 같은
## 개오동나무

내가 다녔던 학교나 근무했던 학교 가운데 지금은 없어진 학교가 많다. 시골에서 태어나고 자라서 시골 학교만 찾아다니며 근무한 탓이리라. 학창 시절의 마지막을 보낸 공주사범학교도 그 가운데 하나다. 지금은 그 이름조차도 사라져 버렸다. 초등학교 교사를 길러 내는 학교였는데 학교 제도 개편에 따라 교육대학으로 바뀐 것이다.

오늘날 공주교육대학교가 있는 자리가 내 마지막 모교가 있던 자리다. 그러나 공주교육대학교에서 모교의 모습을 찾아보기란 매우 힘든 일이다. 3년 동안 공부했던 2층짜리 그 단아한 교사의 건물도 사라지고 없고 정원도 사라지고 없다. 남아 있는 거라고는 교문 앞에 서 있던 늙수그레한 은행나무 몇 그루와 사제동행상 뒤의 커다란 은행나무 한 그루가 고작이다. 거기에 대운동장 한구석에 뒤틀린 자세로 서 있는 늙은 오동나무 한 그루가 보태질 뿐이다.

우리가 학교에 다닐 때도 그 나무는 이미 늙은 나무였다. 나뭇가지 몇 개가 떨어져 내렸고 몸통은 여러 군데 썩거나 패어 보기 흉한 몰골을 하고 있었다. 그러나 우리는 이 나뭇가지 끝에 만국기 몇 가닥을 걸고 마지막 운동회를 했다. 우리가 사범학교 막내라서 후배도 없이 3학년 150명 졸업생들끼리만 운동회를 했던 것이다. 가을바람에 쓸쓸하게 나부끼던 만국기가 기억난다.

세월이 지남에 따라 나무는 더욱 노쇠해지고 초라해져 갔다. 언제 숨이 넘어갈지 모를 지경으로 수세가 많이 기울고 있었다. 나무의 생김새도 점점 변해서 기이한 모습이 되어 갔다. 해마다 봄이 되면 몇 개의 이파리를 겨우 내미는 것이 오히려 신기할 정도였다. 거의 괴물 같은 꼴이라 주변에서는 아예 이 나무를 없애 버리는 편이 낫겠다는 의견이 오갔다. 나무가 없어지는 일은 시간문제였다. 그러나 언제부턴가 이 나무가 조금씩 살아나고 있었다. 메마른 가지 끝에서 작은 가지가 나오고 그것이 자라 몇 해 뒤에는 꽃을 피우기도 했다. 그야말로 죽은 나무 꽃피우기였다.

모두가 죽어 간다고 믿었고 껍질이 아주 사라져 버린 줄 알았는데 손가락같이 가늘게 남은 수피가 점점 자라고 넓어져 나무가 싱싱해졌다. 죽어 가던 나무가 이렇게 다시 살아난 데에는 몇 사람의 숨은 보살핌과 노력이 있었다. 1980년대 초, 당시 문교부 편수관으로 있던 박용진 선생이 공주교육대학 학장으로 부임해 왔다. 그분은 전에 공주교육대학의 교수로도 재직했기에 학교 시설이나 환경

죽어 가던 나무가 살아나자 꽃이 피기도 하고 아이들이 모여 놀기도 한다. 나무 위에 올라가 노는 아이들이 꼭 할아버지 등을 무등 타고 노는 손자들같이 사랑스럽다.

에 대해 애정이 많았다. 돌아온 학교의 구석구석을 살피다가 나무가 죽어 가는 것을 알고 실과 담당인 이충구 교수와 나무를 살릴 계획을 논의하였다. 이 교수는 즉각 나무 둘레에 울타리를 두르고 나무뿌리에 거름을 주기 시작했다.

　나무가 좋아지기 시작하고 다시 살아났다. 여간 고마운 일이 아니다. 나무는 해마다 더 좋아져 이제는 아주 씩씩한 나무가 되었다. 하지만 모양새는 어쩔 수 없어 꾸부정한 모습 그대로이다. 기괴하기까지 한 모습이다. 어쩌면 그 모습이 자기답다고 해야 할지 모르겠다. 그 나무의 이름은 개오동나무. 보랏빛 꽃이 피어나는 참오동나무에 비겨서 그렇게 이름이 지어졌을 것이다. 그러나 천한 이름과는 반대로 개오동나무는 참오동나무보다 귀한 나무다. 그래서 나는 개오동나무란 이름 대신에 '백오동나무'라고 불러 주고 싶다.

공주교육대학교에 들러야 할 때마다 나는 지향 없이 헤매는 마음으로 이 나무에게 눈길을 맡기곤 한다. "노인장, 안녕하시오? 그동안 살아남느라고 참 고생이 많으셨구려." 차라리 그렇게 정중한 인사의 말을 건네고 싶은 심정이다. 해마다 웨딩드레스처럼 하얀 빛깔로 눈부시게 꽃을 피우는 오동나무(개오동나무는 참오동나무와는 달리 이파리와 줄기를 내밀고 나서 새 줄기 끝에 꽃을 피운다). 6월 초순쯤 그 새하얀 꽃이 필 때면 나는 이 나무를 찾아가 그 옆에 잠시 서 있는다. 그래서 나는 오동꽃 피어나는 6월을 향해 까치발을 딛는 심정이 된다. 내가 소년이었을 때 이미 노인이었던 나무. 이제 내가 노인이 되어 이 나무 옆에 다시 서게 되었구나. 나무는 이제 나에게 육친과 같은 의미가 되고 부형과 같은 존재가 된다.

# 꽃이 피거든 배가 익거든 오시오

공주에서 유구 방향으로 가다 보면 연미산을 넘어서 우성들이 나오고 우성들이 끝나면서 사곡면과 맞닿은 지역에 통천포란 곳이 있다. 통천포? 육지 가운데 왜 포구 포浦자 들어간 지명이 생겼을까? 아마도 옛날에 그 자리에 보洑가 있었던가 보다. 그 보가 변하여 오늘의 '포'로 발음되지 않았을까? 그런데 왜 '포' 앞에 '통천'이란 말이 붙었을까? 알려진 바로는 그 개울 부근에 구리를 캐는 광산이 있었는데 일본인들이 그곳 지명을 한자로 받아 적을 때 구리가 나오는 개울, 즉 구리 동銅자와 개울 천川자로 표기했을 것이란 짐작이다. 그것이 세월과 함께 변하여 오늘의 '통천포'로 불리게 된 것이 아닐까 싶다.

통천포는 유구천이 금강을 바라보고 흘러가다가 한 굽이 휘돌아 가는 지점이다. 그냥 그 일대의 땅을 통천포라고 부른다. 지나다 보면 그 부근의 자연 풍경이 참 아름답다는 것을 느낀다. 나지막한 산과 개울이 어우러진 모습이며 개울 안쪽으로 형성된 삼각형의 땅 안에 드문드문 박힌 집이며 과수원이 고즈넉한 그림을 보여 준다. 자동차를 타고 가다가도 문득 내려 거기 머무르고 싶은 충동을 일으키기에 충분한 모습이다.

통천포 과수원의 주종은 사과나무와 배나무이다. 가을에 이곳에서 나는 배가 유독 맛이 달고 시원해서 사람들이 널리 찾고 있다. 게다가 늦은 봄에 피어나는 배꽃이 참으로 장관이다. 널따란 과수원이 온통 새하얀 옷감을 풀어 널은 듯싶고 나무마다 새하얀 면사포를 뒤집어쓰고 수줍어 고개를 숙이고 있는 신부의 자태 바로 그것이다. 참 좋다. 참 좋다란 말이 절로 나오는 건 나처럼 감상벽이 심한 인간만은 아니리라.

통천포에는 음심점도 몇 군데 있다. 그 중의 한 음식점에서 배꽃이 피는 계절에 몇 차례 만났던 사람이 있다. 불현듯 바람처럼 찾아와 나를 흔들고 간 사람. 떠난 뒤에도 오래오래 가슴에 남았다. 더욱이 통천포 옆을 스칠 때는 그 기억이 아린 느낌을 주었다. 꽃이 흐드러지게 피어 눈부실 때, 과일이 익어 주렁주렁 가을볕에 알몸을 선보일 때 더욱 그러했다. 그러나 이제는 그러한 추억이나 느낌도 많이 탈색되어 내 것이 아닌 듯 멀어져 버렸다.

그는 나한테 다녀간 뒤에 한두 차례 정다운 편지를 보내 주었고 나는 그런 느낌들을 몇 편의 시로 남겼다. 산다는 것은 무엇인가? 삶의 자취는 무엇이고 그 결과는 과연 무엇일까? 몇 문장의 편지와

달밤에 통천포 배꽃을 보면 오싹 소름이 끼치더라고 말하는 사람도 있었다.

한두 편의 시가 고작이 아니겠는가. 오늘에 이르러 나의 소회所懷가 참말로 그렇다.

봄 먼지바람도 자고
그 흐드러진 복숭아꽃 배꽃
사과꽃들도 지고
나무 잎새들만 우거져
사람들을 부르고 있습디여
잎사귀 사이 언뜻언뜻
맑은 물 고운 모래
물새 쓸쓸한 목울음만 먼저 와
객지 사람을 손짓하고
있습디여
초여름의 통천포
스치는 길목.

— 나태주, 「사랑하는 마음 내게 있어도」 부분

# 그리운 것은 멀리 있어야 한다
### 청벽 그리고 은개

　우리네 살아가는 하루하루의 날들은 그 날이 그 날이기 쉽고 다람쥐 쳇바퀴 돌듯 하기 쉽다. 보던 것 또 보고 하던 일 또 하고 만나던 사람 계속해서 만난다. 그러다 보면 일상성에 빠지게 되고 사는 일 자체가 지루하고 따분하고 무미건조하게 된다. 무엇이든 낡은 것으로 보이고 새로운 것이라곤 없다. 그렇게 되면 그리움을 상실하게 된다. 어제 본 것을 또 보는 것이라 할지라도 새롭게 보려고 노력해야 한다. 눈빛에 뜨거움과 새로움을 실어야 한다.

　공주에 살다 보면 하루에 한 번쯤은 금강을 지나거나 멀리서 바라보게 되어 있다. 금강가의 산이나 골짜기를 바라보기도 한다. 날마다 보이는 풍경이므로 하나도 새로울 것이 없다. 그러나 나에게는 언제부턴지 뜨거운 눈빛으로 바라보는 풍경 몇 군데가 있다. 첫 번째가 청벽이란 곳이다. 청벽은 공주에서 대전으로 넘어가는 길목에 있는 절벽이다. 본래 이름은 창벽蒼壁이다. 사람에 따라 청벽靑壁

壁이라 부르기도 한다. 절벽이라고는 하지만 깎아지른 절벽은 아니고 비스듬한 절벽이다. 계룡산의 한 줄기가 마티재를 타고 북쪽으로 내려오다가 금강을 만나 우뚝 멈춰 버린 형상이다. 할 말을 미처 다하지 못한 사람처럼 머쓱하다.

내가 고등학교 다닐 때만 해도 이 청벽 쪽으로 가는 도로는 금강의 남쪽 기슭을 타고 아주 높은 곳에서 아슬아슬하게 뻗은 도로였다. 그 위에서 바라다보면 금강이 까마득하게 보였다. 지금도 그 길 옆에 우뚝하니 서 있는 쉰질바위(쉰 길 바위, 높다는 뜻)가 그 때는 저 아래만큼 보였으니까 오늘날 도로가 얼마큼 아래쪽으로 내려와 있는지 짐작이 갈 것이다. 물론 비포장도로 시절의 이야기이다. 고등학생일 때 새벽어둠 속에 털털거리는 버스를 타고 경주로 수학여행을 떠났던 길도 바로 댕댕이덩굴처럼 가늘게 뻗어 간 그 길이었다.

지난해, 병원에서 나와 얼마 안 있어 공주에서 백제문화제가 열렸다. 우리 문인협회 사람들의 시를 가지고 시화전을 하는 곳이 금강 변 석장리에 있는 구석기 시대 박물관 정원이라 해서 가 본 적이 있다. 실은 석장리 박물관도 그때가 초행이었다. 시화전에 나온 시들을 훑어보고 나니 날이 어두웠다. 일행과 떨어져 잠시 강물 쪽을 바라다보았다. 저녁 어스름이 내려 깔리고 있는 강물 위엔 아직은 환한 기운이 남아 물비늘을 만들어 내고 있었다. 무심한 눈길로 그 강물 건너편을 바라다보았다. 청벽이었다. 까닭도 없이 가슴이 콱 메어 왔다. 울음 같은 것이 목구멍으로 치밀어 오르려 했다. 열린 공간 너머의 막힌 공간이 내 마음을 서럽게 했다. 산의 푸르름이며 물빛의 서느러움이 더욱 그렇게 했다. 저 산 너머엔 무엇이 있을까? 누가 살고 있을까? 까닭도 없이 그립다는 마음이 일었다. 그렇다. '까닭도 없이' 다. 다만 서럽고 고적하고 그리운 마음. 청벽이란 곳이 그런 곳이다.

그 다음으로는 은개다. 오늘날 공주시외버스터미널이 자리하고 있는 금강 건너편에 서면 공산성이 아주 잘 건너다보인다. 일부분이 아니라 전체가 있는 그대로 보인다. 그 공산성 풍경 가운데 아주 특별한 부분이 있다. 공산성의 동쪽으로 공원 지역이 끝나면서 마을로 이어지는 잘록하게 들어간 부분이다. 그곳에 뱀 꼬리를 닮은 꼬부랑길이 강에서부터 고개 쪽으로 헤엄쳐 올라가는 것이 보인다. 그 길옆으로 인가도 보이고 비닐하우스 같은 것도 보인다. 그리고 고개 너머 마을의 지붕이 몇 개, 새하얀 아파트 건물도 보인다.

저게 도대체 어딜까? 저기를 가려면 어디로 가야 할까? 얼마나 오랫동안 궁금한 마음 하나로 바라보았는지 모른다. 그래 큰맘 먹고 올봄엔 그곳을 찾아가 보기로 했다. 공주대교 옆 금강빌라에 자전거를 맡겨 놓고 슈퍼에서 물 한 병을 사면서 그 꼬부랑길이 있는 곳으로 갈 수 있는 지름길을 알아보았다. 슈퍼 주인은 친절하게 안내해 주었다. 전혀 길이 없어 보이는 곳에 길이 있었다. 사람들이 많이 오고간 듯 잘 닦여 있었다. 그 길에서 진달래 덤불과 생강나무 덤불을 만났다. 금강 물을 배경으로 하여 꽃을 피운 진달래와 생강

강물과 짝하여 산이 있게 마련. 그렇다 치더라도 강과 산은 때로 사람에게 울컥 설움을 안겨 주기도 한다. 석장리 박물관 쪽에서 건너다본 초가을 저녁 시간 금강 물과 청벽.

나무는 그 분홍빛과 노란빛이 더욱 짙고 선명해 보였다.

산길이 끝나자 바로 금강 건너편 멀리서 바라보았던 꼬부랑길의 정체가 드러났다. 의외로 넓은 지역으로 잘 다듬어 놓은 농토가 있었다. 무당이 사는지 울긋불긋 깃발을 내건 집도 있었다. 밭이나 비닐하우스에서 일하는 사람도 여럿 보았다. 정자나무만큼 우람하게 자란 백목련이 새하얀 꽃들을 가득 피워 매달고 있는 모습이 무척 우아하고 눈부셨다. 그렇게 잘생긴 백목련 나무를 보기는 또 처음

신관동 쪽에서 금강을 사이에 두고 공산성 끝자락 잘록한 부분. 그곳 이름이 '은개'라는 것을 아는 공주의 젊은이가 몇이나 될까.

이었다.

"여기가 어딘가요?"

밭에서 일하던 노인에게 말을 걸어 보았다.

"여기요? 여기는 응개요."

응개가 도대체 무슨 뜻일까? 노인은 응개를 '으응개'라고 길게 끌어 발음하고 있었다. 그것이 내 귀에는 '응가'처럼 들렸다.

"이 마을 참 좋군요. 이 마을이 어떤 마을인가요?"

"보시다시피요. 여기는 마을이 아니고 그냥 밭이 있는 곳이오. 예전엔 고개 너머 아낙네들이 금강가로 빨래를 하러 다니던 길이 있던 곳이오."

나는 꼬부랑길을 걸어 강물이 있는 데까지 내려갔다가 다시 거슬러 올라왔다. 멀리서 뜨거운 눈빛으로 바라보았던 길을 한번 내발로 천천히 걸어 보며 두리번거려 보고 싶었기 때문이다. 고갯마루에 올라와 보니 그곳이 바로 옥룡동, 시내 가까운 마을이었다. 뜻밖에도 그곳은 너무나 가깝고 친숙한 곳이었다. 속았다는 생각이 들기도 했다. 길가에 있는 집 대문에 붙어 있는 푯말을 보니 거기에는 '은개길'이라 쓰여 있었다.

세상의 모든 그리운 것들은 조금쯤 멀리에 있다. 아득한 곳에 있다. 잘 보이다가 보이지 않다가 하기도 한다. 분명하지 않은 그 무엇이다. 그리움은 거리의 산물이다. 가까이 가서는 안 된다. 행여 그리움의 실체를 확인하려 하지 마라. 그리운 것은 그리운 것인 채로 그냥 놔둘 필요가 있다. 그렇다면 올봄에 나는 얼마나 어리석은 일을 하고 만 것일까? 한 차례 은개를 찾아가 보고 난 뒤로 은개가 결코 아득하게 보이지도, 그립게 보이지도 않게 되었으니 말이다. 다만 새롭게 얻은 것이 있다면 '은개'란 마을 이름을 알게 된 점이다.

# 집으로 돌아오는 길

## 봉황동 일모日暮

날마다 자전거를 타고 밖으로 나다녔다. 특별한 볼일이 있어서
그랬던 건 아니다. 그냥 쏘다니고 싶어서였다. 다시 살아난 기쁨을
만끽하고 싶어서 그랬을지도 모른다. 공주의 여기저기, 골목골목
이 보고 싶었다. 안 가 본 곳을 가 보고 싶었고 가 본 곳도 다시 가
보고 싶었다. 때로는 아주 멀리까지 가 보기도 했다.

그렇게 가을 한 철을 보내고 겨울이 되었다. 겨울에도 자전거를
타고 공주 시내를 쏘다니는 일을 멈추지 않았다. 날씨가 추우므로
오전 시간은 되도록 피하고 오후에 기온이 올라가기를 기다려 밖으
로 나가곤 했다. 번번이 날이 저물어 집으로 돌아왔다. 동지 가까워
지자 짧은 해가 더욱 짧아졌다. 집에서 나온 지 얼마 안 된 것 같은
데도 몇 군데 다니다 보면 해가 저무는 날이 많았고 이제 돌아가야
지 생각할 때는 이미 깜깜해진 날도 있었다.

그 날도 시내에서 해가 저문 날이었다. 서둘러 집으로 돌아가는

길. 제민천을 거슬러 올라가야 했다. 시내 쪽으로 나올 때는 내려오는 길이라 자전거 페달이 가볍지만 집으로 돌아가는 길은 올라가는 길이라 자전거 페달이 여간 무거운 것이 아니다. 기어 작동을 하더라도 깊숙이 해야 한다. 제민천을 따라 한참을 페달을 비비며 올라가고 있었다. 봉황동 지역을 지나가고 있었다.

날은 이제 완전히 저물어 있었다. 시각은 오후 4시밖에 되지 않았는데도 봉황산 마루로 붉은 해가 빠지고 있었다. 참으로 겨울의 일몰은 허무하다. 눈 깜짝할 사이다. 모든 것이 사라지고 마는 것이다. 그때였다. 갑자기 눈앞이 환해졌다. 가로등이 켜진 것이다. 누구네 집인가 2층집 유리창에는 새하얀, 눈부신 불빛도 들어와 있었다. 멀리 보이는 산기슭 교회의 십자가에도 빨간 불이 켜져 있었다. 지는 해는 아직도 산마루에 걸려 있는데 가로등 불빛이 들어오고 창문에 불이 켜지고 교회의 십자가가 붉은빛으로 빛났다. 지는 해가 오히려 산마루에 켜진 외등처럼 보였다.

황혼의 시간. 하늘을 나는 새들도 서둘러 집을 찾을 시간. 들판에서 서성이며 먹이를 찾던 게으른 산짐승도 어쩔 수 없이 산골짜기로 머리를 돌려야 할 시간. 사람들 마음 또한 지레 따뜻한 집, 불 켜진 집, 가족들이 기다리고 있는 집으로 달려가기 마련이다. 하지만 이 시간이야말로 조화의 시간이요, 모든 것들이 하나가 되는 시간이다. 하늘과 땅이 하나가 되고 죽은 것들과 산 것들이 하나가 되는 시간이다. 눈에 보이는 것, 세상에 존재하는 것들과 눈에 보이지 않

서산에 지는 해와 가로등과 십자가 불빛이 동시에 만나는 시각. 그리고 장소.

는 것, 세상에 존재하지 않는 것들까지 하나가 되는 시간이다.

저 너머, 주황빛 외등과 창문의 새하얀 불빛, 그리고 십자가의 붉은 불빛 아래 어디쯤 잃어버린 것들과 지금도 남아 있는 것들이 혼연일체를 이루고 있으리라. '숲속의 궁전'이라고 분홍 글씨로 쓰여진 수상한 간판이 숨어 있을 것이고, '관음암'이라 문패를 내건 무당집도 있을 것이고, 또 내가 사범학교에 들어가는 입학시험을 보기 위해 아버지와 함께 여러 날 하숙을 했던 한옥도 깃들어 있으리라. 서로가 화해를 하듯 악수를 하고 있으리라. 편안한 숨을 내쉬고 있으리라.

나중에 알고 보니 그 집은 이계철 선생 댁. 이계철 선생은 공주에서는 알아주는 유림의 한 분이고 시인 임강빈 선생의 장인되는 분이다. 그분은 내가 사범학교에 최종 합격했다는 소식을 전해 듣고 "어허, 소년등과를 했구나." 하며 기뻐해 주셨다. 저기 어디쯤엔 큰샘거리도 있을 것이다. 큰샘거리는 물이 많이 나오는 큰 샘이 있다 해서 붙여진 이름이며, 그 큰샘은 백제 시대부터 있었다. 대통사 스님들도 마셨고 궁중에서도 길어다 먹었다고 한다. 나라는 망하고 세상은 변했어도 샘물 하나는 여전히 남아 옛날을 증언해 준다. 그것은 참으로 묘한 어울림이요 감동이었다. 제민천 바닥의 얼어붙은 희뿌연 얼음 조각마저도 아름답게 보였다.

# 쓸쓸하지만 사람 냄새가 나는
## 오거리 시장

공주에도 반짝 시장이 있다. 금학동에서 제민천을 따라 내려가다가 공주교대와 시청을 조금 지나 봉황동이 시작되는 부분, 공주고등학교께 오거리에 서는 시장이다. 처음에는 한길가에 아무렇게나 전을 벌이고 물건들을 팔았는데 요즘은 제민천 바닥 한편을 공주시에서 시멘트로 포장해 주어 거기에 장이 선다. 개울 바닥이 시장인 셈이다. 개울 쪽에 자리를 얻지 못한 이들은 여전히 한길가에 전을 벌이기도 한다. 참으로 예스럽고 시골스런 풍경이다.

오거리 반짝 시장은 5일장처럼 정해진 날에 한 번씩 서는 장인데 주로 찬거리나 과일 종류를 판다. 날씨가 많이 춥거나 덥거나 큰물이 질 때를 제외하고는 일 년 내내 정해진 날짜에 시장이 형성된다. 물건을 파는 사람들은 떠돌아다니는 행상이거나 고개 넘어 시골에서 온 아주머니나 할머니들이 대부분이고, 사는 사람들은 인근에 사는 아낙네들이다.

봉황동 오거리라 불리는 곳. 제민천 개울가에 서는 오거리 시장.

　나도 아내를 따라 몇 차례 오거리 시장에 가 본 적이 있는데, 아
내 말에 의하면 더러 신선한 채소나 제철 과일, 그리고 싼값의 생선
을 살 수 있다고 한다. 반짝 시장인 만큼 아침 일찍부터 장이 섰다
가 점심나절이 지나면 장이 파한다.

오늘도 12시경, 시내에 볼일이 있어 자전거를 타고 지나가다 보니 시장은 거의 파장이었다. 파는 사람도 사는 사람도 많지 않아 흐지부지했다. 거기 언제 보아도 을씨년스럽고 추워 보이는 모습들이 있었다. 파는 사람이나 사는 사람이나 까칠하기는 마찬가지였다.

사람들은 언필칭言必稱 우리네 살아가는 형편이 많이 좋아졌다고 한다. 국민 소득이 얼마가 되었다고 자랑하고 한 집에 자가용이 몇 대씩 있는 경우도 있다고 말한다. 그러나 내가 보기로는 꼭 그렇지만은 않다. 여전히 사람들 살아가기는 가파르고 힘들고 고달파 보인다. 하기야 살아가는 데 언제 어디선들 고달픔이 없겠는가.

멀리서 볼 때 오늘 특별하게 나온 물건은 봄나물이나 채소들이다. 대파나 쪽파 다발이 보이고 그 옆에 잘 다듬어진 쑥도 있고 달래도 있고 냉이도 있다. 우리 곁으로 봄이 다시 찾아온 건 분명한 모양이다. 해마다 오는 봄이지만 봄은 언제나 우리 가슴을 두근거리게 만든다.

봄이 온다 하여 무슨 특별한 일이 있겠는가? 그냥 봄이라서 좋은 것이다. 오거리 반짝 시장, 시멘트 바닥 갈라진 틈서리에서도 새봄의 우편배달부, 민들레꽃은 샛노랗게 피어 얼굴을 반짝 쳐들고 사람들을 올려다보고 있었다.

# 영춘화 그리고 산수유꽃

## 오곡동

　느지막한 아침 시간. 외출하기 위하여 옷을 갈아입던 참이었다. 베란다에서 빨래를 널고 있던 아내가 무심한 듯 한마디했다.

　"여보, 여보, 저기 좀 보세요. 올해도 산수유꽃이 폈어요."

　우리 아파트에서 바로 건너다보이는 앞산의 발치 부분에 노랑 옷을 걸친 나무 한 그루가 보인다. 해마다 이맘때면 노란색 꽃을 피우고 가을이면 붉은 단풍을 보여 주는 산수유나무다.

　"어디, 어디, 어디요?"

　호기심 많은 나는 빠른 걸음으로 거실을 가로질러 베란다 쪽으로 나간다.

　"얼라, 정말로 산수유꽃이 피었네."

　며칠 전까지만 해도 보이지 않던 꽃이다. 날씨가 따뜻해지면서 어느 사이엔가 저렇게 꽃이 피어 버린 모양이다.

　"산수유꽃만 핀 게 아니에요. 개울가 양 선생 댁에는 영춘화도 피었어요."

"아, 그래요? 그럼 얼른 보러 가야지."

봄에 피는 꽃들은 빨리 지고 만다. 그러기에 꽃이 핀 것을 알았을 때 다음으로 미루지 말고 보러 가야만 한다.

와이셔츠 차림인 채로 카메라를 걸치고 아파트를 나갔다. 정말 양 선생 댁 대문 앞에 한 무더기 샛노란 꽃덤불이 보인다. 영춘화다. 영춘화는 꽃이 노랗고 꽃가지가 휘어져 멀리서 언뜻 보면 개나리꽃과 혼동하기 쉽다. 그러나 조금만 성의를 가지고 보면 개나리꽃과는 많이 다르다는 것을 알게 된다. 우선 개나리꽃은 종 모양의 꽃부리인데 영춘화는 꽃잎이 여섯 잎으로 갈라져 있다. 영춘화야말로 맞을 영迎, 봄 춘春, 이름 그대로 해마다 오는 봄을 반가이 맞아들여 환영하는 마음으로 피는 꽃이다.

그러고 보니 봄에 피는 꽃 가운데 노란 빛깔이 많다는 생각이 들었다. 산수유, 개나리, 영춘화, 수선화, 민들레 모두가 노란색이다.

노란색이야말로 겨울을 이긴 승리의 빛깔이다. 그들은 비교적 꽃송이가 작고 빨리 꽃을 피웠다 진다는 점에서도 같다. 아마도 다음에 오는 꽃들에게 자리를 양보하기 위해서 그런 게 아닌가 싶다. 아파트로 돌아오면서 나는 산수유꽃이 많이 피어나는 한 마을을 떠올려 본다.

우금티 너머 부여 쪽으로 자동차로 10분 정도 달리다가 왼쪽으로 꺾어져 들어가는 산골짜기에 있는 한 마을이다. 이름이 오곡동. 골짜기가 많아서 오곡동이었을까? 오곡동은 젊은 시절의 글벗 김현기 씨의 고향 마을이다. 김현기 씨는 공주 태생으로 1970년대 초 나와 함께 〈새여울〉이란 시 동인지에 시를 발표하곤 했다. 그는 현재 공주 시내 한 초등학교 교장으로 재직하고 있다. 그는 공주 시내의 한 예식장에서 결혼식을 올렸는데 거기서 내가 사회를 맡았다. 결혼식을 마치고 친구들이랑 어울려 그의 고향 마을에 갔다.

산골 마을이었다. 지대가 높고 돌멩이가 많았다. 꼬불꼬불 돌아서 가는 마을길이 아늑하고 정감이 있었다. 아주 오래 전, 잊혀진 마을에 온 듯한 느낌이었다. 마침 봄날이었다. 봄날 가운데서도 흐드러진 봄날이었다. 마을 곳곳에 산수유꽃이 피어 있었다. 샛노란 너울을 뒤집어쓴 듯한 나무들. 그날 산수유꽃을 처음 보았다. 아니다. 처음 알았다고 말하는 것이 적당한 표현일 것이다. 이전에도 여러 차례 보기는 했지만 주의 깊게 보지 않다가 그날에야 비로소 산수유꽃을 산수유꽃으로 알아보았다는 말이 옳을 것이다. 봄 햇빛 아래 마을 전체가 샛노란 물이 든 것처럼 보였다. 그날 나는 친구들이랑 어울려 수월찮은 술을 마셨던 것 같다. 허튼소리도 꽤나 지껄였던 것 같다.

산수유꽃은 자세히 보면 복잡한 꽃이다. 꽃대의 끝에 여러 꽃자루가 방사형으로 나와 그 끝에 꽃이 하나씩 피는 산형傘形 꽃차례로, 한 개의 꽃송이 속에 30개도 넘는 아주 작은 꽃들이 모여 있다. (실지로 꽃송이를 따서 세어 보았더니 35개나 되는 꽃도 있었다.) 그 작은 꽃송이들이 입을 벌려 빠끔빠끔 숨을 쉬는 것 같다. 가만히 귀 기울여 들으면 뽕, 뽕 하는 소리를 내면서 노란 물감을 하늘과 공기 속에 풀어 넣고 있는 것만 같다. 그래서 봄을 자꾸만 노란빛으로 바꾸는 게 아닐까. 내일이라도 날씨가 좋으면 짬을 내어 오곡동 가는 시내버스를 타고 산수유꽃을 다시 보러 가야만 하겠다.

# 산수유꽃 진 자리

사랑한다, 나는 사랑하는 사람을 가졌다
누구에겐가 말해주긴 해야 했는데
마음 놓고 말해줄 사람 없어
산수유꽃 옆에 와 무심히 중얼거린 소리
노랗게 핀 산수유꽃이 외워두었다가
따사로운 햇빛한테 들려주고
놀러온 산새에게 들려주고
시냇물 소리한테까지 들려주어
사랑한다, 나는 사랑을 가졌다
차마 이름까진 말해줄 수 없어 이름만 빼고
알려준 나의 말
여름 한철 시냇물이 줄창 외우며 흘러가더니
이제 가을도 저물어 시냇물 소리도 입을 다물고
다만 산수유꽃 진 자리 산수유 열매들만
내리는 눈발 속에 더욱 예쁘고 붉습니다.

# 마음이 흘러가는 길
## 골목길

공주처럼 골목길이 많은 시골 도시도 드물지 싶다. 봉황동, 금학동, 반죽동, 중학동, 교동, ……. 오래된 마을 묵은 거리일수록 더욱 많은 골목길을 품게 마련이다. 초식 동물의 가늘고 긴 창자처럼 가다가는 막히고 막혔다가는 풀리는 골목길.

담장 너머 해바라기꽃들이 고개 내밀어 밖을 내다보고 있군. 무엇이 그리도 궁금한지 호박 넝쿨도 꽃송이 두엇 데리고 담장 위에 올라와 있군. 어느 집 대분간인가 아이가 타다가 세워 둔 세발자전거도 보이네.

골목길은 사람의 마음이 흘러가는 길. 슬픔도 흘러가고 기쁨도 따라가는 길. 무엇보다도 그리움이 살아서 숨 쉬고 있는 길. 골목길에서 만나는 나뭇잎이나 비닐봉지 같은 것들은 이미 쓰레기가 아니다. 그들도 이제는 사람과 더불어 이 골목길의 정다운 한 구성원이 된다.

비어 있지만 가득 차 있는 것 같은 ……
저만치 앞장 서 가는 마음이 보일 것 같은 …….

어린아이가 노란색 유치원 가방을 메고 친구 아이의 손을 잡고
지나간다. 우체부 아저씨가 우편물을 들고 이 집 저 집 기웃대고,
엄마가 짐 꾸러미를 들고 시장에서 돌아오고 있다. 저녁 무렵이면
학생들도 이 골목길로 돌아올 것이고 하루의 일과를 끝낸 아버지들
도 이 골목길로 돌아올 것이다.

지친 다리를 끌고 낯선 골목길에 섰을 때, 문득 누군가 바라보고
있지 싶은 느낌이 들어 우러러본 하늘에서 한 송이 흰 구름을 발견
한다면, 당신은 잊혀진 옛날 애인이라도 다시 만난 듯 조금은 얼떨
떨하고 조금은 감격스러워 두 눈에 이슬을 만들어도 좋을 것이다.

# 누렁이
## 곰나루 배나무 과수원집

개, 고기를 샀다. 보신탕으로 쓰이는 고기가 아니라 개에게 줄 고기를 샀다. 일금 5천 원. 잔치국수 두 그릇 값이다. 한동안 어쩔까 망설이다가 결국은 시장으로 가 닭고기튀김 반 마리를 산 것이다. 나는 주인에게 뼈를 발라내고 살코기만 비닐봉지에 담아 달라고 부탁했다.

사람도 먹기 힘든 닭고기튀김을 개에게 주기 위해서 사다니, 좀 과한 일이다 싶은 생각이 들기도 했지만 어쩔 수가 없었다. 닷새 동안이나 누렁이의 생각이 뇌리에서 떠나지 않았다. 그러면서도 쉬이 만나러 가지를 못했다. 마음속으로만 한번 가 보아야지 생각하면서 이것저것 번거로운 일들 때문에 미루어 두었던 일이기에 큰맘 먹고 그렇게 한 것이었다.

자전거 페달을 재게 밟아 곰나루 쪽을 향하면서도 자꾸만 누렁이 생각이 났다. 나는 체질적으로 개를 좋아하지 않는다. 집에서 개를 길러 본 일이 없을 뿐더러 남의 집 개도 귀여워하지 않는 사람이다. 그런데도 자꾸만 누렁이의 모습이 눈에 밟히면서 그동안이라도 누렁이가 그 집에서 없어졌을까 봐 걱정이 되었다.

지난 일요일 오후였다. 공주의 관광지를 보기 위해서 온 외지 손님을 금강 변 곰나루로 안내했다. 곰나루 부근에 주차를 하고 곰나루 솔밭으로 발길을 옮기다가 바로 옆 과수원에 새하얗게 핀 배꽃을 보았다. 나무 위에 함박눈이라도 소복소복 내려 쌓인 것 같았다.

곰나루 솔밭행을 뒤로 미루고 배나무 과수원으로 가 배꽃 구경을 먼저 하기로 했다.

"쥔 계신가요? 쥔 안 계세요?"

암만 주인을 찾아도 주인이 보이지 않았다. 주인 대신 과수원 입

구 쪽에 개 한 마리가 어슬렁거리고 있었다. 통통하니 살이 오른 토종개, 털빛깔이 누르끄름한 개였다. 언뜻 보기로는 불곰 새끼처럼 생겨 무서운 느낌이 들었다. 개가 슬금슬금 우리 앞으로 다가왔다. 수인사를 나누자는 건지 우리 주위를 빙글빙글 돌았다.

"야, 야, 누렁아. 우린 나쁜 사람들이 아니란다. 배꽃이 예뻐 배꽃 좀 보러 왔단다. 배꽃 사진만 몇 장 찍으면 돼."

개가 알아듣든지 말든지 나는 개를 어르면서 과수원의 이곳저곳을 돌아다니며 사진을 찍었다. 활짝 핀 배나무 옆에 아직 꽃봉오리를 문 사과나무도 사진기에 담았다. 과수원집 누렁이가 슬슬 눈치를 살피며 사람들 옆으로 와 휘적휘적 탐스런 꼬리를 흔들어 댔다.

"저리로 가. 저리로 가."

그래도 누렁이는 사람 곁을 떠나지 않고 졸졸 따라다녔다. 나중에 사진을 모두 찍고 과수원집을 나와 곰나루 쪽으로 향하는데 누렁이가 앞길을 막으면서 사람의 다리 부분에 제 몸둥이를 비벼 댔다.

"이 녀석 봐라. 사람한테 이렇게 이쳐 대고 그러네."

빈집을 혼자서 지키느라 개도 많이 고적했던가 보다. 사람이든 짐승이든 외로워지면 살아 있는 다른 목숨을 이렇게 그리워하게 되어 있다.

우리가 곰나루 솔밭을 누비며 둘러보는 동안에도 누렁이는 내내 우리 일행 곁을 떠나지 않고 맴돌았다. 저걸 어쩌나, 싶은 생각이

들었다. 사람을 좋아하고 따르는 건 일단 좋은 일이겠지만 저러다가 낯선 사람이 끌고 가면 어쩌나 싶기도 해 걱정스러웠다.

"야, 야, 너 이 이상 따라오면 안 돼. 너의 집은 여기란 말야."

그날 우리는 누렁이를 데리고 과수원이 있는 데까지 가서 누렁이를 집 안으로 몰아넣어 주고 돌아와야만 했다. 오면서도 내내 마음이 짠했다.

곰나루 과수원에 도착해 보니 다행히 누렁이가 집에 있었다. 오늘은 줄에 매인 채 제 집 앞에 앉아 있었다. 느긋한 모습이었다. 그새 나를 잊어버렸는지 가까이 갔는데도 전혀 알아보지 못했다. 아니, 알아보려 하지 않았다. 과수원 안에 자동차가 세 대나 있는 걸로 보아 주인이 집에 있는 듯싶었다. 주인은 누렁이를 닮아 둥실둥실하게 살이 찐 젊은 남자였다. 내 이야기를 듣더니 이내 알아차리고 누렁이의 사진을 찍어도 좋다고 허락해 주었다.

나는 사 가지고 간 닭고기튀김을 누렁이 밥그릇에 쏟아 주었다. 누렁이는 잠깐 사이에 고기를 먹어치웠다. 그러고는 다시 내 손을 올려다보았다. 양이 차지 않는다는 듯 주둥이로 맨 사료를 물어 아득아득 소리 나게 깨물어 먹었다. 두서너 번 을러도 누렁이는 아는 체도 하지 않고 가까이 오려 하지도 않았다. 다만 킁킁거리며 고기가 더 없냐는 투의 몸짓만 계속했다. 주인이 집에 있어서 그럴 것이었다. 누렁이는 결코 지난 일요일 혼자서 집을 지키며 낯선 사람한테까지 이쳐 대며 따르던, 외로움을 많이 타던 그런 개가 아니었다.

개는 역시 개였다. 개 같은 개였다.

"이 댁 과수원 배 맛이 좋은가요?"

머쓱하니 누렁이 앞에 서 있다가 주인 남자에게 말을 걸었다.

"그야 모르지요. 그건 손님들이 알아서 평가할 일이니까요."

자기 집 배 맛이 좋다는 말인지 안 좋다는 말인지 분간이 가지 않았다. 한편으로는 우회적인 자신감의 한 표현 같기도 했다.

"자, 그럼, 안녕히 계십시오. 가을에 배 사러 다시 오겠습니다."

나는 주인에게 인사를 하고 돌아섰다. 누렁이는 전혀 알은체하지 않았다. 갈 테면 가고 말 테면 말라는 투로 거들떠보지도 않았다. 지난 일요일에 비한다면 너무도 딴판이었다. 다시 자전거에 올라 과수원집 문간을 나오면서 나는 훨씬 가볍고 편안한 마음이 되어 있었다.

"누렁아, 안녕! 잘 있어."

그렇게 해서 나는 잔치국수 두 그릇 값을 치르고 남의 집 개한테 얹혔던 며칠 동안의 안쓰럽고 그리운 마음을 털어 낼 수 있었다.

# 3 속내 깊은 사람들

# 공주를 선진 교육의 고장이라 한다면
황인식 선생

이번이 두 번째 걸음이다. 첫 번째는 4·19 학생혁명 기념비를 살펴보기 위해서였고 오늘은 황인식 선생 교육 공로비를 보기 위해서 찾은 길이다. 공주 시가지 중심부에 있는 중앙공원. 한때는 앵산공원이라 부르기도 했는데 아마도 일본 사람들이 그 주변에 벚나무 몇 그루를 심어 놓고 그렇게 불렀던 모양이다. 제법 가파른 길을 몇 번 꺾어서 오른 막바지에 조그만 동산이 나오고 거기 역시 조그만 광장이 있고 4·19 학생혁명 기념비는 우뚝 서 있다.

처음 왔던 날, 광장의 남쪽 풀덤불 속에 서 있는 조그만 비석 하나를 보았다. 비석은 철책집에 둘러싸여 있었다. 비석 둘레에 무릎 높이까지 자라 있던 잡풀이 이번에 와서 보니 말끔히 베어졌다. 추석 명절을 보내면서 누군가 다듬은 듯했다. '황인식 교육 공로비'. 비의 전면에 한글로 새겨진 글자다. 교육 공로비라? 지금껏 한 번도 들어 본 일이 없는 명칭이다. 선정비라든지 송덕비, 공적비, 기념비, 사적비, 시비, 문학비, 노래비 같은 용어는 들어 봤어도 교육의 공로를 기린다는 뜻의 교육 공로비는 처음 대했다.

비의 왼쪽 측면에는 '공주 뜻있는 젊은이들 세움'이라 새겨져 있고 오른쪽 측면에는 비를 세운 날짜가 새겨져 있다. '단기 4291년 9월 30일'. 이는 서기 1958년 자유당 정권 말기로 여러 가지로 살기 힘겹던 시절이다. 그 시절에 일찍이 공주에 뜻있는 젊은이들 몇이 이 비를 세웠다는 것이다. 상당한 마음 쓰임이 거기 있었음 직하다. 비의 뒷면에는 또 이런 글이 새겨져 있다.

> 하늘을 그리워 꾸미지 않는 마음과 그 손길
> 어둠을 빛으로 가꾸어 봉오리마다 눈 뜨임 입고
> 보람된 내일로 익어 가는 가슴에
> 기리 젊어만 있을 당신의 아름다움이여
>
> — 이원구 지음

이원구라 하면 공주사범대학(공주대학교의 전신) 국어교육과 교수를 지냈으며, 그 학교에서 '시회詩會'라는 이름으로 문학 모임을 주도·결성하여 활동한 시인으로 공주 출신 문인 가운데 1세대 문인에 해당하는 분이다. 비문에 객관적 정보는 전혀 없다. 다 아는 사실을 굳이 밝힐 필요가 어디 있겠느냐는 듯하다.

그건 그랬다. 정작 황인식黃仁植 선생에 대해 잘 모르고 있는 사람은 나밖에 없었다. 그만큼 황 선생의 위상은 공주 지방에서는 우뚝했던 것이다. 흔히 공주를 교육 도시라고 한다. 공주가 교육 도시로 자리매김되는 데에는 충청 지방에서 가장 역사가 깊은 사립학교인 영명학교의 존재가 큰 부분을 차지한다. 황인식 선생에 대한 과객의 부질없는 의문점들은 중앙공원과 연접해 있는 영명중·고등학교 교정 쪽으로 발길을 옮기면 이내 풀리게 되어 있다.

영명학교 정원에는 개교 백주년을 기념하는 웅장한 조형물이 세워져 있다. 그 전면엔 영명학교에 초석을 놓고 초대 교장으로 일했던 미국인 선교사 우리암禹利岩(미국 이름, 윌리암) 선생의 흉상과 이력이 새겨진 비가 세워져 있고, 그 뒤편으로는 영명학교 출신인 조병옥 박사, 유관순 열사와 더불어 황인식 선생의 흉상과 공적 사항이 새겨진 비가 있다. 뒤쪽으로 가면 오래 전 세워진 기념물들이 나오는데 그 가운데서 선생의 공적비를 쉽게 만날 수 있다.

영명학교 제1회 졸업생(1908년), 영명학교 교사(1912년), 미국 유학을 거쳐 영명학교 교사로 복귀(1926년), 일제 말기 이런저런 사유로(광주 학생 사건 때 영명학교 학생 동맹휴학 유도, 창가 사건 등) 세 차례에 걸쳐 일본 경찰에 의한 피검과 투옥, 해방과 더불어 미 군정청 고문 위촉과 충청남도 초대 도지사 역임(1945년), 군산해양대학교 초대 학장을 거쳐 영명학교 2대 교장 취임(1949년). 화려한 경력이다. 이만하면 교육 도시 공주의 인사 가운데 첫째 자리라 할 만하고 애국지사의 반열에 들고도 남을 인물이다. 중앙공원에 세워진 선생의 비석에 아무런

수식도 없었던 게 비로소 이해되었다.

짐작컨대 선생은 일생을 오로지 배우는 일과 가르치는 일에 헌신
하였다. 그분의 일생이야말로 공주 교육의 산 증인으로서의 일생
이요 사표師表로서의 생애일 것이다. 일찍이 이런 분을 공주가 배출
했다 함은 교육 도시 공주의 자랑이요 보람이다. 모든 역사와 공적
이 서울 중심으로 쏠리게 마련인데 이런 분이 공주에 살았기에 공
주가 공주다웠을 것이다. 개명開明 공주, 이 한 분으로 하여 공주의
교육, 그 역사의 첫 페이지가 쓸쓸하지 않았다.

영명중·고등학교 구관 옆으로 등나무 어우러진 쉼터 바로 앞에
는 다른 어떤 학교나 기관에서 볼 수 없는 특별한 조형물 하나가 있
다. '교사명敎師銘'이란 이름을 달고 있는 돌로 된 표석이다. 교사명
이란 교사로서 마음속에 깊이 새겨 둘 지침 같은 것인데 그 돌에는
굵은 글씨로 이렇게 쓰여져 있다. '사랑/ 권위/ 사명감'. 이런 데서
도 해묵은 선생의 체취가 묻어나지 않을까. 가을날, 맑은 하늘 아래
홀로 찾아와 바라보는 나그네의 눈길이 유난스레 아득하여 멀리멀
리 옛날의 그 시절로 돌아간 듯.

# 계룡산의 정기와 금강의 숨결로

임강빈 시인

    공주는 자연이 아름답고 온화한 고장으로 유순하면서 자기 절제가 있는 인물이 많다. '내명內明'하다는 말이 있는데 바로 그 말이 공주 사람에게 가장 잘 어울린다. 결코 무리하지 않고 서두르지 않는다. 우유부단으로 비쳐지기 쉽지만 끝까지 그렇지는 않다. 외유내강 형이 공주 사람이고 분수를 지키며 살 줄 아는 사람이 공주 사람이다.

    공주가 배출한 문인 가운데는 시인이 절대적으로 많은 비율을 차지한다. 출향한 문인이든 공주에 거주하고 있는 문인이든 마찬가지다. 공주에서 출생하고 성장하여 시인이 된 사람 가운데 걸출한 이름이 여럿 있는데 그 순서로나 문학적 성취로나 단연 돋보이는 시인은 임강빈任剛彬이다. 임강빈 시인은 현재 대전에 거주하고 있지만 공주시 반포면 출생으로 공주중학교, 공주고등학교, 공주사범대학을 나와 영명고등학교에서 교편을 잡기도 했다. 이런 인연으로 영명고등학교 교가를 작사했다.

임강빈 시인은 1956년 박두진 선생의 추천으로 〈현대문학〉을 통해 등단했다. 25세 젊은 나이로 청양중학교에서 교편을 잡고 있을 때였다고 한다. 등단작은 「항아리」, 「코스모스」, 「새」 등. 등단작부터 동글동글하고 짜임새 있으며 완결미 있는 작품이었다.

크고 작은 숱한 항아리 옆/ 민들레가 피었다.// 솔 한 그루/ 굽어보듯 서있는// 그림 같은/ 愛情.// 무엇이나/ 가득히 담아주고 싶도록// 그토록 하늘마다 향한/ 둥그런 門.// 아아/ 나도// 항아리 옆에 피어가는/ 노을이 되고 만다.

— 임강빈, 「항아리」 전문

내가 고등학교 다닐 때 공주의 문학 청소년들에게 유행어처럼 쓰였던 시어에 '나목', '항아리' 같은 것들이 있었다. 그때는 모르고 습관적으로 썼지만 이제 와 되돌아보면 그 '항아리'란 말의 연원淵源이 임강빈 시인에게 있었지 않았나 싶다.

임강빈 시인은 그 뒤 충청남도의 여러 학교를 돌며 교직 생활을 하다가 대전에 정착하였다. 당시 대전에는 임강빈 시인과 비슷한 시기에 등단한 두 사람의 시인이 있었다. 한성기韓性祺 시인과 박용래朴龍來 시인이 그들로 세 시인은 등단 매체도 〈현대문학〉으로 같았고 추천 위원도 박두진 선생으로 같았다. 등단 시기도 한성기 시인이 1955년, 박용래·임강빈 시인이 1956년으로 앞서거니 뒤서거니 했다. 그러나 나이는 약간 차이가 있어 한성기 시인이 1923년, 박용래 시인이 1925년, 임강빈 시인이 1931년생이었다. 이들 세 시인은 각자 독특한 작품 세계를 이루고 있었지만 자연 친화적이면서 정적인 시, 고운 서정시를 지향한다는 점에서 정립鼎立의 조화를 이루었다.

후진의 입장에서 볼 때, 세 시인은 서로 절친한 우정을 나누면서도 약간의 경쟁의식을 갖고 있었던 것 같다. 그들은 시샘하듯 더 좋은 시를 쓰려고 노력했고 더 좋은 시집을 내놓으려고 애썼다. 그야말로 선의의 경쟁이었다. 공자께서 '세 사람이 함께 할 때 그 가운데 한 사람은 꼭 나의 스승될 만하다三人行이면 필유아사必有我師'고 했는데 이 세 시인은 서로가 좋은 스승이고 제자이고 또 이웃이며 벗으로 어우르며 한 시절을 살았다.

세 시인의 균형이 깨어지기 시작한 것은 1980년 박용래 시인이 서둘러 세상을 버리면서부터다. 뒤를 이어 기다리기라도 했다는 듯이 1984년에 한성기 시인마저 타계하니 임강빈 시인만 홀로 외로워졌다. 그러나 혼자 남은 시인은 자신을 잘 추스르며 두 시인이 미처 다 쓰지 못한 시를 계속 써서 이 고장의 원로로서의 자리를 굳건히 지켜 나가고 있다. 올해로 임강빈 시인은 희수稀壽가 되시었다. 경하할 일이다. 당신이 태어나고 자라난 고향, 계룡산의 굳은 정기와 금강의 부드러운 숨결을 받았기 때문이리라.

후진의 눈에 임강빈 시인은 박용래 시인과 좀 더 가깝지 않았나 싶다. 박용래 시인을 장사 지내던 날, 제일 늦은 시간까지 남아 영구차를 붙잡고 "용래, 이것도 마지막이여."라고 투박한 말씨로 독백하며 흐느껴 울던 임강빈 시인의 모습을 보았다. 그래 그랬을까. 박용래 시인은 생전에 임강빈 시인을 위해 시 한 편을 남겼다. 임강빈 시인이 공주문화원에서 시화전을 가졌을 때 와서 보고 돌아가면서 쓴 시이다. 선배 시인들이 어울려 살다 간 자취가 의초롭게 보인다. 한 편의 시에 잊힌 공주의 옛 모습이 남아 오래도록 지워지지

2000년, 내가 박용래문학상을 받을 때 대전일보사 강당에서 임강빈 선생과. 당시 선생은 박용래문학상 운영위원회 위원장을 맡고 있었다.

않고 어른거린다.

    미나리 江/ 건너/ 牛市場 마당/ 말목에/ 고리만/ 남아 있었다./ 이른 제비 떼/ 발밑으로/ 빠져/ 木橋를/ 오내리는/ 좁은 거리./ 버들잎은/ 피어/ 길을/ 쓸고/ 그의 고향/ 文化院에서/ 剛彬은 / 詩畵展을/ 열고 있었다.

— 박용래, 「公州에서」 전문

# 계룡산은 안녕하신가요?

### 신현국 화백

〈금강시마을〉회원들이 월례회로 만나는 날이다. '계룡산의 화가'로 알려진 신현국申賢國 화백 댁에서 모임을 갖기로 했다. 신현국 화백의 아틀리에는 계룡산 기슭 산골 마을에 있다. 1천5백 평이나 되는 넓은 땅에 한옥 두 채와 작업실이 있고 신 화백이 생활하는 거처가 또 한 채 마련되어 있다. 집만 보아도 그가 살아가는 모습을 알 것 같다.

우리는 그 가운데 한옥 한 채에서 모임을 가질 예정이다. 지난겨울 인천의 이가림 교수 일행이 계룡산을 보러 왔다가 신 화백 댁에서 일박하던 날, 인사차 나갔다가 그 한옥을 보았다. 본래는 목수가 살던 집이었는데 신 화백이 거처를 옮기면서 사들여 리모델링을 했다고 한다. 주위 사람들은 헐어 내고 신식 건물을 올리라 그랬는데 신 화백이 지붕이며 뼈대는 그대로 놔두고 내부만 쓸모 있게 고쳤으며 벽은 황토 흙벽돌로 덧대어 추위와 더위를 막도록 했다고 한

123

다. 이 한옥에서 특별한 것은 한쪽 벽을 통째로 드러내고 거기에 낸 커다란 유리 창문이다. 바깥 풍경을 보기 위해서 그랬노라는 것이 신 화백의 설명인데, 비 오는 날이나 눈 내리는 날 바깥 풍치를 바라보는 맛이 그만이라고 한다.

이 집은 가끔 외지에서 찾아오는 친지들을 위해 제공된다고 한다. 그동안 이 집을 다녀간 사람으로는 문학평론가 홍기삼 교수, 이근배 시인, 이가림 교수 같은 이가 있고 일본과 프랑스의 그림 친구들도 있다고 한다. 외국인들은 아예 가족과 같이 와서 여러 날 동안 묵는다고 한다.

며칠 전 우체국에서 신 화백을 만났다. 그때 날짜와 시간을 대충 맞추고 오늘 점심나절에 전화를 했더니 이미 아침부터 군불을 지피고 있노라 대답했다. 언제 들어도 신선하고 밝은 음성이었다.

모임 시간은 오후 6시. 그러나 나는 신 화백과의 인터뷰를 위해 한 시간을 앞당겨 공주에서 출발했다. 신 화백 댁 대문의 기둥에는 여러 가지 포즈의 아름다운 여성들의 나신이 황토색으로 부조되어 있다. 또 한 기둥에는 신 화백의 사인이 들어 있는 커다란 간판이 붙어 있다. 파랑 바탕에 흰색으로 이름 마지막 글자인 '국' 자를 흘려 썼는데, 영어의 엠M자처럼 보이기도 하고 한자 메 산山의 전서체처럼도 보인다. 이런 데서 신 화백의 산을 사랑하는 마음과 국제 감각을 엿볼 수 있다.

신 화백은 아틀리에에 있었다. 반갑게 잡아 주는 손이 크면서도

신현국 화백댁 입구.

부드럽고 따스하다. 70을 넘긴 노인으로는 믿어지지 않게 건장했다. 아틀리에에는 두 사람이 먼저 와 있었지만 나는 어물쩍 그들에게 양해를 구하고 곧장 인터뷰에 들어갔다.

"알기로는 선생님 고향이 예산인데 어찌하여 계룡산과 인연을 맺으셨는지요?"

"그거요. 얘기가 길지요. 나는 홍익대학교에서 남관 선생과 수화(김환기) 선생을 스승으로 모시고 그림 공부를 하고 서울 오산학교에서 교사로 있었어요. 그런데 고향의 은사님 한 분이 대전에서 중학교 교장으로 계시면서 날더러 내려오라고 해 대전으로 내려갔지요. 대전에서 선생으로 살면서 주말이면 유성을 지나 계룡산을 찾곤 했어요. 그땐 비포장도로였고 길이 험했어요. 유성에서 박정자로 넘어가는 고개, 삽작고개를 빙글빙글 돌아서 넘어가야만 했어요. 고개를 오르면 계룡산의 봉우리들이 나타났어요. 감격이었지요. 가슴에 안겨 오는 듯한 뿌듯한 그 무엇, 형언하기 어려운 감흥 같은 것 말이에요. 그냥 산한테 반해 버렸지요. 바로 이거다 싶은 생각이 들었어요. 그 시절은 동학사 계곡의 물이 맑아 두 손으로 움켜쥐어 그냥 마실 수 있었지요. 내가 살면서 그림 그릴 곳은 여기다 싶어 그때부터 계룡산과 인연을 맺었습니다."

"아, 그렇군요. 선생님의 그림은 비구상에서 출발, 구상으로 바뀌었다가 다시 비구상으로 돌아왔는데 왜 그렇게 되셨는지요?"

"그거 매우 까다로운 문제입니다. 아까 말씀드렸듯이 나는 대학 시절 남관, 수화 두 분 스승 가운데서 남관 선생으로부터 비구상 그림을 배웠어요. 사람들은 내 그림을 야수파적 터치가 있는 그림이라고 평하기도 했는데 계룡산에 들어와 살면서 나도 모르는 사이에 구상 쪽으로 바뀌었어요. 계룡산의 자연이 나로 하여금 그렇게 하도록 만든 거예요. 우리는 자연을 알아야 해요. 자연은 거짓이 없고 꾸밈이 없어요. 있는 그대로 노출시켜요. 계룡산은 참 아름다운 산이에요. 무엇보다 우리나라의 사계절이 뚜렷하게 나타나서 좋아요. 가령, 겨울 한 철을 두고 볼 때도 지리산은 겨울이 너무 짧고 설

악산은 너무 길어요. 그에 비해 계룡산은 아주 적당해요. 또 계룡산은 여름철 신록이 아주 깊고 좋아요. 물도 맑고 시원하고요. 계룡산을 바라보고 있으면 구름이 노랑으로 보이기도 하고 파랑이나 빨강으로 보일 때도 있어요. 적송 사이로 빨간 구름이 비낄 때 사람이 미치지요. 이걸 보고 구상으로 바뀌게 되었지요."

"그러면 선생님, 요즘 그림을 선생님은 어떻게 생각하시나요? 특히 루오(Georges Rouault) 같은 화가와 비교하여 얘기해 주시지요."

"사람들은 나의 그림을 프랑스의 루오와 비겨서 얘기하기도 하는 모양이지만 그건 비슷하면서도 달라요. 루오는 내면의 슬픔을 토해 내는 사람인데 그런 점에서 심상적 내면을 표현해 내는 마음의 위치가 비슷하지만 표현에 있어선 완전히 다르지요. 루오에 비해 나의 경우는 선을 뭉개 버리지요. 그림의 대상은 하나의 선이에요. 그러나 나의 선은 선으로 남아 있는 것이 아니라 대상과 배경을 하나로 만들어 혼연일체를 이루게 하는 선이지요. 내면의 소리, 내면의 심상을 밖으로 끌어내는 것이 무엇보다 중요하고 어려운 일이에요. 쉽지 않은 일이지요. 사람들이 내 그림을 통해 사물 너머의 사물, 빛과 소리 너머의 그것들을 느꼈으면 좋겠어요. 이것을 위해선 외로움과 고독이 있어야 돼요. 그렇기 때문에 나는 가족을 대전에 두고 여기서 혼자 지내지요. 그래서 매우 외롭지요."

"선생님, 내면의 심상에 대해서 조금만 더 말씀해 주시지요."

"내면의 심상을 얘기하기 위해선 시인의 얘기를 좀 빌려야 해요.

나는 시를 좋아하고 시인 친구들이 많은데(신 화백의 친형 가운데 한 분인 신봉균 선생은 〈현대시학〉 추천을 받은 시인이다) 시인들은 절실한 감정을 언어에 정립定立하여 시를 쓰지요. 색깔이 없는 그림이 바로 시이지요. 마찬가지로 화가들에게도 절실한 감정의 정립이 필요해요. 사무치는 감정이 필요해요. 이러한 절실함과 사무침 속에서 형상이 와야해요. 자연을 감동적인 것 이상으로 가슴이 미어지는 듯한 절실함으로 받아들여야 해요. 눈으로 보고 귀로 듣는 것만 가지고는 모자라지요. 가슴으로 느껴야 해요. 그림을 통한 시이지요. 시는 한 폭의 그림이고 그림은 또 한 편의 시입니다. 나는 사실 요즘 나의 그림을 비구상이라든지 추상이란 말의 울타리에 가두고 싶지 않아요. 심상적 추상이기도 하고 마음이 들어 있는 구상이기도 하지요. 그래서 작년(2007년)에는 '빛이 있는 자연의 소리' 란 주제로 전시회를 갖기도 했지요."

인간에겐 내면의 심상이 있기 때문에 한 대상을 두고서도 심정적인 것을 표현하기도 하고 외적인 것을 표현하기도 한다는 말처럼 들렸다.

"선생님, 한 가지만 더 여쭙겠습니다. 제가 알기로는 계룡산 기슭에 살면서 몇 차례 거처를 옮기신 것 같은데 그것에 대해서도 좀 말씀해 주시지요."

"예, 그래요. 맨 처음 살았던 곳은 동학사 아랫마을 삼거리예요. 오늘날 계룡시로 넘어가는 길과 갈라지는 부분 개울가에 집을 짓고 살았지요. 그것이 1982년이었던가 봐요. 한데 1986년 여름 셀마호 태풍으로 집이 떠내려갔어요. 할 수 없이 6년 동안 살았던 거처를 옮긴 곳이 마티재 너머 지금 충남과학고등학교 뒤편 등성이었어요. 그런데 지대가 높고 비탈져서 사는 데 불편이 많았지요. 겨울에는 눈이 많이 올까 걱정, 여름에는 비가 많이 내릴까 걱정이었지요. 그리고 집 앞으로 큰 도로가 나 있어 여간 시끄러운 게 아니었어요. 그 집에 살 때 나 선생님도 한 번 오셨던 걸로 기억합니다. 거기서 12년을 살았지요. 아무래도 안 되겠다 싶어 옮긴 곳이 여기예요. 벌써 7년째 사는가 보아요. 마침 서울의 유수한 기업체 쪽에 그림이 들어가 그 돈으로 땅을 사고 건물을 올리고 그랬어요. 이 집에 오니 평지라서 편안하고 행복해요. 여름에는 소나기 내리는 것이 즐겁고 겨울에는 눈 오는 것이 참 보기 좋아요. 이렇게 계룡산 기슭에 등을 대고 산 것이 어느새 25년째인 것 같아요."

"아, 선생님, 대단하십니다. 계룡산 사랑의 마음, 그림을 향한 열정…… 간혹 사람들이 선생님을 계룡산 도사라고 부르는 것도 이해가 될 듯싶어요. 꼭 그런 건 아니지만 거처가 계룡산 동쪽에서부터 서쪽으로 점차 옮겨졌는데 이는 마치 계룡산 밖의 계룡산, 그러니까 외外계룡에서 안의 계룡산, 내內계룡으로 옮겨 오신 것 같아요. 그래서 신 선생님 자신이 계룡산 중심이 되고 계룡산 그 자체가 되신 것 같아요."

"아, 나 선생, 별 걸 다 얘기하는군요. 이제는 그만, 그만 하고 우리 술이나 마십시다."

신 화백의 인터뷰는 그 즈음에서 끝이 난다. 먼저 온 방문객들에게 미안스럽기도 했고 또 약속된 6시가 되어 〈금강시마을〉 회원들이 도착했기 때문이다. 우리는 자연스럽게 계룡산 아래 수정식당으로 자리를 옮겨 저녁 식사를 했다. 신 화백이 동석했음은 물론이다. 식사 자리에서 신 화백은 밥은 거의 한 술도 들지 않고 술만 마셨다. 모처럼 시 쓰는 사람들이 몰려와 함께 자리한 것이 마냥 좋기만 한 듯 질탕한 말씀과 환한 웃음을 그치지 않았다.

"우리 선친은 약주를 좋아하셨어요. 그래서 인생은 술이다, 술은 인생이다라고도 말씀하셨어요. 그러면서 술자리에서는 어른을 알아보고 후배를 아껴라, 남의 얘기는 하지 말아라, 그리고 노래를 불러라, 이렇게 세 가지를 말씀하셨어요. 노래가 제일이거든요. 노래가 시잖아요. 노래는 천지와 더불어 화합하는 것이에요. 노래를 부르게 되면 다 끝이에요. 완성이지요. 그렇지만 선친께서는 옛날 분이고 유학자라서 네 번째 얘기를 못하셨어요. 그건 사랑해라, 이거에요."

신 화백의 예술 강의, 인생 담론은 술자리에서도 계속 이어지고 또 이어진다.


저녁 식사를 마치고 다시 신 화백 댁 그 따뜻한 구들방으로 돌아와 예정된 우리의 모임을 마치고 집으로 돌아왔을 때 시간은 자정을 넘기고 있었다. 다음 날 아침 잠자리에서 일어나자마자 나는 신 화백에게 전화를 걸었다.

"신 선생님, 안녕하세요? 계룡산은 어떻게 잠자리에서 일어나셨 나요?"

신 화백과 계룡산을 동격으로 놓고 얼버무려 한 말이었다.

"아, 네, 그럼요. 일어났고말고요."

전화선을 타고 오는 신 화백의 목소리는 여전히 쾌청으로 푸른색 에 가까웠다. 오늘도 계룡산은 안녕하신가 보다. 인간적으로는 다 변多辯하고 여성적이지만 그림으로 보아선 반대로 과묵寡默하고 남 성적이고 힘이 있는 것이 신 화백의 정체가 아닐까, 그런 생각이 들 었다.

# 남이 알까 무섭다

이문하 교장

내가 잘 알고 가까이 지내는 교직 동료 가운데 이문하란 사람이 있다. 그는 중등학교 교장을 지내고 화려한 교육 전문직 경력이 있는 사람으로 교육계에서는 공주 지역, 더 나아가 충남 지역에서는 모르는 이가 별로 없을 만큼 널리 알려진 인물이다. 가는 직장마다 탁월한 아이디어를 발휘하여 근무하고 있는 기관을 새롭게 바꾸어 놓아 주위 사람들을 놀라게 했던 능력가이다.

내가 그를 알게 된 것은 20년 전쯤 충남교원연수원에 근무할 때였다. 나는 그 기관의 장학사로 있었는데 그 또한 장학사로 있었다. 말하자면 동직원이었던 셈이다. 한눈에 멀끔하고 잘생긴 인상의 남자였다. 키도 헌칠하니 크고 서글서글한 눈매며 부드러운 말씨가 선량해 보였다. 그러한 그와 더욱 가까워진 것은 우리 부모님 고희를 맞아 기념 문집을 출간하여 기념식을 가질 때부터다. 초청장에 쓰여진 날짜보다 1주일 빠른 일요일에 행사 예정 장소였던 내

고향 마을 한산 건지산회관이란 데를 부인과 찾아왔다가 허탕 치고 돌아갔다는 것이다. 물론 날짜를 잘못 기억한 결과였다. 미안스러운 마음 한편으로는 얼마나 고마운지 몰랐다.

그 뒤 어떤 자리에선가 그가 나에게 물었던 모양이다. "그래, 고향이 서천인 사람이 공주에 와서 뿌리내려 살고 있는데 그 느낌이나 생각이 어떤가?" 대충 이런 질문이었다 한다. (이런 일들을 나는 까맣게 잊고 있었는데 그가 기억하고 있다가 글로 쓴 내용을 다시 옮기는 것이니 이렇게밖에는 표현할 길이 없다.) "남이 알까 무섭다." 이건 내가 대답한 말이었다 한다. "남이 알까 무섭다니? 그건 좋다는 말인가? 아니면 나쁘다는 말인가?" 다시 그가 물었다 한다. "그건 좋다는 말이다. 좋아도 아주 많이 좋다는 말이다." 내가 또 이렇게 대답했다는 것이다.

세월이란 누구에게나 공평하여 나이란 것을 선물로 준다. 아무리 외모가 젊어 보이고 멀끔해 보이는 이문하 교장이라 해도 나이를 비껴갈 수는 없는 법. 그도 세월에 따라 회갑을 넘기고 정해진 세상의 규칙에 따라 오랫동안 머물던 교직에서 떠나는 날을 맞게 되었다. 그것은 지난 2월 28일(2008년). 겉으로 한참 아랜 줄 알았더니 겨우 한 살 차이 띠동갑(자치동갑)이었다니!

이문하 교장은 교직 정년을 앞두고 무언가 기념이 되는 한 가지 일을 하고 싶어 했다. 그만큼 화려한 교직 경력을 지닌 사람이라면 요란스럽게 정년 퇴임식 같은 걸 해 볼 만한 일이었다. 그러나 그의

갑사추광(甲寺秋光). 이문하 교장은 글만 잘 쓰는 게 아니라 그림 솜씨도 수준급이다.
이 그림은 가을의 경치를 그린 것이다.


생각은 처음부터 전혀 그렇지 않았다. 나는 옆에서 기념 문집을 찍
는 것이 좋을 것이라고 권유했다. 그가 이미 한 사람의 전문적 문사
로서 교육 전문지나 지방 신문에 맛깔 나는 칼럼을 자주 발표해 온
것을 여러 차례 흥미 있게 읽었기 때문이었다.

　조금 주저하는 듯싶다가 결심한 듯 책을 한 권 찍어 보겠다 했다.
서둘러 원고가 모아지고 그 자신이 그린 그림이 또한 책의 삽화로
준비되었다. 나는 대전의 한 출판사 사장을 소개해 주었다. 그는 군
말 없이 그 출판사 사장을 받아들여 일사천리로 책을 만들었다. 책

을 받아 보니 체제가 반듯하고 장정이나 책 속의 삽화가 수준급이었다. 서울의 내로라는 출판사에서 나온 책보다 하나도 뒤지지 않았다. 그런데 책의 제목이 '남이 알까 무섭다'였다. 그건 오래전에 나와 나눈 대화를 중심으로 쓴 글에서 따온 책의 제목이었다.

정말로 나는 공주란 고장을 남이 알까 무섭게 생각할 만큼 좋아하고 사랑하는 사람이다. 그러기에 젊어서부터의 소원 가운데 하나가 '공주에서 집을 얻어 공주 사람으로 사는 것'이 아니었던가. 이런 내 의도를 이문하 교장이 충분히 읽어 내고 글로 쓰고 또 그 제목을 가지고 책을 내기도 한 것이다. 그러고 보면 공주를 일방적으로 좋아하고 사랑하는 사람으로서 공주에 오래 머물러 살다 보니 이문하 교장같이 참으로 좋은 공주 사람을 만나게 되었다는 생각이 들었다.

이문하 교장이야말로 정말로 공주 사람이다. 공주 태생에다가 공주에서 자라 중등학교까지 나오고 잠시 대전에 있는 대학교에서 공부한 것을 빼고는 거의 공주를 떠나지 않고 공주에서만 살아온 사람이다. 더구나 그는 공주에 세거지世居地를 둔 전주 이씨 후손이다. 조선조 정조 임금의 아들인 덕천군이 그의 조상으로 덕천군의 산소와 사우祠宇가 있는 곳이 바로 공주이다. 요즘 공주에서 만나는 이씨 성 가진 사람 가운데 '하, 은, 주'란 글자가 이름에 들어가는 인물이 있다면 그들이 모두 전주 이씨요, 덕천군의 후손들이다. 이문하 교장의 이름 가운데 끝 글자인 '하'가 바로 그 돌림자이다.

인생이란 그야말로 한바탕 봄꿈 같은 것이다. 세상에 존재하는 모든 것은 변하게 되어 있고 흘러가도록 되어 있다. 내가 만일 좋다고 말했다면 그건 변하는 세상, 흘러가는 세상 한 모서리를 보고 하는 말이었을 것이고 내가 섭섭하다, 서럽다 탄식했다면 그 또한 변해 가는 과정의 어제와 오늘, 그 두 모습의 비교이거나 차이에서 비롯된 것이었을 게다. 내가 이토록 좋아하고 사랑하는 공주의 모습 또한 결코 영원한 것이 아니다. 흘러가고 변해 가는 공주의 한 모습을 나는 지향 없이 사랑하고 좋아하는 것이리라. 그래도 나는 공주를 사랑하고 좋아할 수밖에 없다.

그 무엇도 누가 알아줘서 좋아하고 사랑하는 것이 아니다. 저 좋아 저 혼자 하는 일이다. 가능한 한 허락받은 목숨, 공주에서 더욱 오래 머물러 살며 정말로 공주 사람다운 이문하 교장 같은 이와도 더러는 마음을 주고받으며 좋은 이웃으로 자주 만나고 싶다.

# 추어탕 한 그릇

## 조동수 교장

오늘 아침 이른 시각, 한 통의 전화를 받았다. 시내의 제일로 큰 초등학교인 신월초등학교 조동수 교장의 전화였다. 나를 만나러 오겠다는 짧은 전언이었다. 조 교장은 이렇게 이른 아침 출근길에 가끔 나를 만나러 오곤 한다. 우리 아파트 앞이나 금학동 동사무소 옆 빈터에 차를 세워 놓고 나를 불러내어 무언가를 주고 간다. 말하자면 선물이다. 집에서 손수 기른 채소를 가져다주기도 하고 한과나 과일, 술을 가져다주기도 하고 차를 가져다주기도 한다. 번번이 미안한 일이라서 받지 않고 싶은데 다짜고짜로 전화를 건 다음 찾아오겠다 하니 피할 재간도 없다. 이렇게 조 교장은 막무가내에다가 고집불통인 사람이다.

서둘러 추리닝을 걸치고 동사무소 앞으로 나갔다. 벌써 조 교장의 자동차가 보인다. 자동차에서 내린 조 교장이 내 앞으로 다가와 손을 내민다. 마주 잡는 손이 차갑다. 이른 아침 서둘러 와서 그럴

137

것이다.

"이거 추어탕입니다. 금산 중부대학교에 강의 초청을 받아서 갔다가 잘하는 추어탕집이 있다 해서 두 그릇 사 가지고 온 겁니다. 사모님도 간호 하느라 수고하셨으니 함께 드세요."

마음이 찡해 온다. 병원에서 퇴원한 지 얼마 안 되는 나를 위해서 사 온 음식이다. 비닐봉지에 담긴 물건을 받기가 여간 조심스럽고 민망한 게 아니다.

나는 조 교장이 주는 비닐봉지를 받으며 추리닝 주머니를 뒤져 미리 준비해 온 물건 하나를 꺼내어 내민다. 얼마 전 조 교장은 그동안의 교육 공로가 인정되어 을파소상이란 좋은 상을 받았다. 그렇지 않아도 그 소식을 듣고 무언가 마음의 표식을 전하고 싶었는데 잘 되었다 싶어 서랍 속에 들어 있던 만년필 한 자루를 꺼내 가지고 왔던 것이다.

"조그만 물건입니다. 만년필이에요. 지난번 좋은 상을 받으셨기에 축하하는 마음으로 드리고 싶습니다."

"아, 참 고맙습니다. 평생토록 잘 쓰도록 하겠습니다."

조 교장은 이렇게 한 마디를 하더라도 야무지게 한다. 내 귀엔 그 '평생'이란 말이 또 아프게 와서 걸린다. 서둘러 우리는 수인사를 나누고 헤어진다. 비닐봉지를 한 손에 들고서 나는 한동안 그 자리에 서서 멀어져 가는 자동차 뒤꽁무니를 물끄러미 바라본다.

아직도 이른 아침. 조 교장은 저렇게 학교로 달려가서 자동차를 주차한 뒤 곧장 교장실로 가 책상 위에 놓인 호루라기를 목에 걸고 학교 앞 도로로 나올 것이다. 횡단보도에 서서 호루라기를 불기도 하고 팔을 휘젓기도 하면서 교통정리를 할 것이다. 그래서 오가는 자동차를 편안하게 오가게 할 것이고 등교하는 아이들을 또 안전하게 지나가도록 도와줄 것이다.

그것은 하나의 고집 같은 것이다. 자기 확신이고 다부진 실천력이다. 조 교장은 전임 학교에서도 등·하굣길 스쿨버스를 꼬박꼬박 타고 다니며 아이들 현장 지도를 했다. 현재의 학교로 와서는 학교 앞 도로 건널목에 자동차 통행량이 많아 아이들이 위험하다는 걸 알고 교통 지도를 하기에 이른 것이다. 이를테면 교통경찰이 아니라 교통교장이 된 것이다.

공주 시내 시내버스 운전자나 택시 기사치고 조 교장을 모르는 사람이 없을 정도다. 이름은 자세히 모른다 해도 조 교장이 학교 앞 건널목 한가운데 나와서 교통 지도를 하고 있는 걸 보면 대번에, 저 교장 선생님 오늘도 나와 계시네, 한다는 것이다. 그런 조 교장도 내후년이면 교직을 물러나 정년 퇴임을 하게 된다. 아쉽지만 어쩔 수 없는 일이다.

교직 생활 중 조 교장과는 별반 인연이 없었다. 학교의 동기 동창 관계도 아니고 동직원 관계도 아니다. 다만 나이가 엇비슷하고 이웃 학교에서 같이 교장을 했다는 것뿐이다. 말하자면 동료 교장인 셈이다. 나는 의외로 까다로운 성격에다가 데면데면해서 사람을

조동수 교장은 아이들이 등교하는 시간이면 어김없이 학교 앞 횡단보도에 나와 아이들 교통 지도를 한다.

새롭게 잘 사귀지 못한다. 특히 교육계에서 그러했다. 오랫동안 교장으로 근무했지만 마음을 열고 사귄 동료 교장이 많지 않다. 오직 조 교장 한 사람이 있을 뿐이다. 그것도 내 편에서가 아니라 조 교장 편에서 마음을 열어 주어서 그렇게 되었다.

하지만 교직 생활의 동료가 조 교장 한 사람밖에 없다는 걸 별로 불만스럽게 여기지 않는다. 많은 사람이 무슨 소용이 있는가. 한 사람이면 되는 일이지. 많다고 생각했지만 정작 막다른 골목에 다다라 둘러보고 따져 보아 한 사람도 없을 수도 있지 않겠는가. 그래서 『명심보감明心寶鑑』교우交友 편에 '술이나 밥을 먹을 때에 형이니 아우니 친하게 사귄 친구가 천 명이나 되더라도 위급한 환난을 당했을 적에 팔 벗고 도와줄 친구는 한 사람도 없을 수 있다(주식형제천개유 酒食兄弟千個有 환난지붕일개무患難之朋一個無)'라는 구절이 있다.

실로 한 사람 한 사람이 소중하다. 한 사람이 전체 집합이다. 사람을 사귀거나 사람을 대할 때에 그 사람을 이 세상에 있는 오직 한 사람으로 대하고 생각하며 사귀어야 한다. 영순위가 있고 1순위, 2순위 구별이 있는 것이 아니다. 인간은 누구나 영순위인 것이다. 백 사람이 있다면 백 사람이 각각 영순위란 얘기다. 백 분의 일로 사람을 대해서도 안 된다. 어디까지나 일대일로 대해야 한다. 유일 존재, 귀중한 한 사람으로 받들어 사귀어야 한다. 그것이 마땅한 일이고 좋은 일이다. 손윗사람이나 동료뿐 아니라 손아랫사람, 어린아이한테도 그래야 한다.

나에게 조 교장이 그런 사람이다. 조 교장에게 또한 내가 그런 사람일 것으로 믿는다. 누가 한 말인지 기억이 없지만 이런 말이 있다. '좋은 친구는 한 사람도 많다.' 인디언의 말로 친구란 '나의 슬픔을 대신 지고 가는 사람'이라고 한다. 이 얼마나 엄청나고 향기로운 말인가.

집으로 돌아와 조 교장이 주고 간 추어탕을 아침상에 올려놓고 아내와 나누어 먹은 뒤, 이메일이라도 띄워야지 싶어 컴퓨터를 켰다. '추어탕을 먹고'란 제목으로 글을 쓰려던 참이었다. 그런데 이메일을 열자마자 편지함에 이미 조 교장의 이메일이 들어와 있는 게 아닌가? 아뿔사! 내가 또 조 교장에게 한 수 뒤졌구나 싶었다.
조 교장의 이메일에는 간절한 마음이 녹아 있었다. 내가 이렇게 한
남자의 사랑을 무상으로 받아도 되는 것인지 모르겠다.

　추어탕, 별것은 아니지만 맛있게 잡수셨으면 참 좋겠네요. 사실은 저는
안 먹고 드린 겁니다. 교장 선생님이 우선이거든요. 이 고장의 큰 시인이
건강하신 게 더 중요합니다. 교장 선생님께 갖다드리는 과정이 행복하네
요. 사랑은 그냥 한없이 주기만 하는 것이랍니다. 드려야 하는데…… 도대
체 드릴 것이 없어요.
　주신 만년필, 두고두고 오래오래 간직하며 쓰겠습니다. 교장 선생님 생
각도 하면서요.
　운동 정말로 많이 하셔야 합니다. 글 쓰시는 일보다 더 주력해서 하셔야
합니다. 따뜻하게 입으시고 건강 살피십시오. 운동은 사모님과 꼭 같이 하
세요. 남자는 자신을 위해서라도 아내의 건강을 살펴야 합니다. 그래야 편
하게 남자가 삽니다.
　추어탕을 드리는 것보다 선생님을 아침에 뵙는 것이 더 기쁘네요.
　존경과 사랑을 선생님과 사모님께 올립니다.
　안녕히 계십시오.

2007. 11. 29

조동수 드림

# 공주의 종합 예술인

## 이걸재 씨

흔히 요즘의 공주 또는 공주 사람이라고 하면 박씨 성을 가진 세 사람을 떠올릴 것이다. 젊은 운동선수 박찬호와 박세리, 그리고 '제비 몰러 나간다…… 우리 것은 좋은 것이여'로 각인된 소리의 명인 박동진 옹이 그 세 사람이다. 그래서 공주 사람들도 쓰리 박이란 용어를 자주 들먹인다.

그러나 박씨 성 가진 세 사람만이 공주 사람을 대표하는 것은 아니다. 공주에는 그들의 업적이나 특성 못지않게 중요한 사람이 많이 살고 있다. 하지만 사람마다 개인적인 친소 관계에 따라 그 명단이 달라질 수 있다. 이런저런 사안들을 감안하면서 나는 몇 사람의 이름을 떠올려 보다가 그 가운데 한 사람만 대라면 누구를 댈 수 있을까 고민해 본다. 이 사람이 참으로 공주 사람이라고 댈 수 있으려면 우선 공주의 산천과 닮은 사람이어야 한다. 생각하는 것이나 사는 모습이 그래야 한다. 그리고 현재도 그 인물이 공주에 살고 있어야 한다. 또한 주위 사람들, 특히 공주 사람들이 다 같이 그렇다고 동의해 줄 수 있는 사람이어야 한다. 그러한 한 사람으로 누가 있을까? 나더러 말하라면 이걸재란 이름을 댄다.

이걸재 씨는 매스컴에 많이 알려진 인물도 아니고, 높은 지위에 있어 영향력을 행사하는 사람도 아니고, 돈이 많은 사람도 많이 배운 사람도 아니다. 외모가 출중하게 잘생긴 것도 아니다. 그저 촌티가 나는 한 남자일 뿐이다. 본인에겐 좀 마음 아픈 얘기겠지만 이걸재 씨의 학력은 중학교 중퇴에 불과하다. 최근 유명 인사나 공인들의 학력 위조 사건 얘기를 심심찮게 듣는데 이걸재 씨의 경우와는 너무나 판이하다. 솔직 담백함이 트레이드마크이다 싶기도 한 이걸재 씨는 자기 학력에 대해서도 결코 숨김이 없다. 그야말로 당당하다. 이걸재 씨의 당당함은 학력에서만 그런 것이 아니다. 가정 이야기, 유년 시절의 성장기, 가난 이야기, 청년 시절 고생한 이야기, 부모나 친지들 이야기에 이르러서도 거침이 없다. 자유인이라 그럴까. 가릴 것이 없으므로 부끄러울 것도 없다.

이걸재 씨는 하는 일이 참 많다. 날마다 동동거리며 바쁘게 사는 사람이다. 우선 이걸재 씨는 공무원이다. 오랫동안 공주시청 문화관광과에서 백제문화제에 관한 업무를 보았고, 고향인 의당면사무소 부면장으로 일하기도 했으며, 지금은 다시 공주시청 관할 문예회관 공연기획계장으로 있다. 게다가 그는 공무원으로서의 실감나는 체험담을 들고 서울시공무원교육원이나 문화예술진흥원교육원

무엇이 그리 좋은지 눈이 감기도록
흐드러지게 웃고 있는 이걸재 씨.
(사진작가 김혜식 씨 사진)

같은 기관에 나가서 강의를 하는 입담 좋은 강사이기도 하다.

그리고 이걸재 씨는 글 쓰는 사람이다. 나하고도 글 쓰는 사람으로 만났는데 그는 어려서부터 글 쓰는 사람이 되는 것이 소원이었다고 한다. 중학교를 중퇴하고 집에 있으면서 어머니를 기쁘게 해드리기 위해 책을 손에서 놓지 않았다는 그다. 동네에서 빌려 볼 수 있는 책을 모두 읽고 나서 더 많은 책을 읽기 위해 한동안 겨울철이면 공주문화원 도서실에 출근하다시피 했다는 그다. 이걸재 씨의 문학은 사람이 그러하듯 편협하지가 않다. 그가 그동안 쓴 글에는 시도 있고 소설도 있고 희곡 작품도 있다.

이걸재 씨는 타고난 소리꾼이기도 하다. 술도 마시지 않고 그 어떤 잡기도 모르는 그인데 소리판에 서기만 하면 어쩌면 저럴까 싶을 정도로 신명이 좋다. 때로 간드러지기도 하고 청승맞기도 하다. 소리를 위해 누구한테 특별히 사사한 적은 없지 싶다. 그야말로 그는 천성적인 소리꾼이다. 실은 돌아가신 부친이 탁월한 소리꾼이었다 한다. 어린 시절 아버지가 부르는 상엿소리나 집터 다지는 소리, 단가에 젖어서 자랐다 한다. 어린 마음에 아버지가 소리를 하는 것이 싫어 숨어서 혼자 울기도 많이 했는데, 아버지의 영향은 어쩔 수 없었던지 초등학교 1학년 음악 시간에 「아리랑」을 목청껏 불렀다가 담임교사한테 야단을 맞은 일도 있다고 한다. 그러고 보면 소리꾼으로서의 그에게 전혀 모델이 없었던 건 아니다. 돌아가신 부친이 바로 그의 스승이었던 것이다.

이걸재 씨는 소리와 연결 지어 부친과의 애달픈 추억을 지금도 소중히 가슴에 품고 있다. 부친이 뇌졸중으로 병상에 있다가 돌아가실 무렵의 어느 날 어린 아들을 불렀다. 그러면서 연필과 공책을 준비시키고 거기다 당신이 부르는 노랫말을 적으라고 했다. 부친은 단가 가운데 「만고강산」이나 「부귀공명가」, 「목련가」를 잘 불렀는데 그 날은 「목련가」를 부르시다가 목이 메어 끝까지 부르지 못하고 가사를 잊었노라며 그만 가 보라고 했다. 그때 부친이 눈물 짓는 것을 처음으로 보았다고 한다.

이런 이야기를 할 때 이걸재 씨는 소년이 된다. 눈시울을 붉히기도 한다. 이걸재 씨의 마음속엔 아직도 어머니와 돌아가신 아버지가 살고 계신다. 돌아가시면서 어머니에게 잘 해드리라는 것과 어른에게 공경 잘 할 것과 자신을 값싸게 팔아서는 안 된다는 말로 평생 동안 교훈을 준 아버지. 그가 열일곱이 될 때까지 잘못한 일이 있으면 어김없이 불러다 잘못을 자복自服을 받은 뒤 나이 수만큼 종아리를 때렸다는 어머니. 이걸재 씨의 삶을 지탱해 주는 데는 이러한 부모님의 교훈이 작용하고 있음이 분명하다. 오늘의 이걸재 씨의 삶은 그 개인의 삶만은 아니다. 그것은 어머니의 삶이기고 하고 돌아가신 아버지의 삶이기도 한 것이다.

그러므로 이걸재 씨의 삶은 개인의 삶이면서 가족의 삶이고 집단의 삶이다. 여기에 공주 사람으로서의 이걸재 씨의 대표성이 의미를 지닌다. 이걸재 씨는 고장의 문화 활동 면에서도 마당발이다. 일찍이 충남문인협회 사무국장, 공주문인협회 부회장이었고 현재는 〈예인촌〉이란 종합 예술 단체의 대표이고 고향인 의당면 주민들로만 구성된 민속 예술 모임인 〈논두렁밭두렁〉의 후원자 겸 지도자이다. 한동안은 공무원노동조합 공주시 지부장의 자리를 지키기도 했으며, 현재는 공주문화원 감사이기도 하다. 이만하면 진정 이걸재 씨가 공주 사람다운 공주 사람이 아니겠는가. 그러나 그의 명함에는 '공주인 이걸재' 라고만 쓰여 있다. 참으로 공주 사람다운 공주 사람이다.

# 행복한 시인

박목월 선생

 

생전의 박목월朴木月 선생은 충청도 출신 문인을 좋아했다. 특히 공주 출신 문인을 사랑했다. 가끔 임강빈任剛彬 시인같이 공주에서 나서 자라고 학교까지 다닌 사람과 함께 선생 댁을 방문하면 더욱 반색하며 맞아 주곤 했다. 그런 날이면 박목월 선생은 나직하면서도 둥글고 정감 어린 경상도 사투리에 서울 억양이 버무려진 음성으로 사모님을 부르곤 했다.

"엄마요, 여기 엄마네 친정사람들 왔데이. 와서 보이소."

(박목월 선생은 평소 부인을 '엄마'라 불렀고 부인은 또 박목월 선생을 '아버지'라 불렀다. 아마도 자녀들 입장에서 그리하였을 것이다.)

박목월 선생 부인의 고향이 공주라는 것은 선생의 글이나 사진 자료를 통해 알 수 있다. 『박목월 자선집自選集』(1973년) 3권 「공주로 가는 길」이란 글에 부인의 고향 이야기가 나온다. 거기에는 부인의

박목월 선생은 1938년 4월의 어느 날 공주시 봉황동에 있는 공주제일감리교회에서 공주 영명학교 출신인 유익순 여사와 혼례식을 올렸다. 당시 교회의 계단에서 찍은 기념사진.

생가가 공주 시내 어디쯤으로 되어 있다. 또 다른 책에 들어 있는 사진 자료를 보면 박목월 선생이 혼례식을 올리고 기념사진을 찍은 장소가 공주 시내 봉황동 소재 공주제일감리교회 돌계단이다. 1938년 5월 중순의 어느 날, 선생의 나이 23세 때. 선생은 경주 시내에서 부모님을 모시고 공주로 와 그 교회에서 불도화(수국)를 가슴에 달고 혼례식을 올렸다. 이런 연유로 해서 선생은 충청도 출신 문인을 좋아했고, 특히 공주 출신 문인을 사랑했던 것이다.

선생이 혼례식을 올린 교회를 직접 찾아보고 그 돌계단을 확인한 것은 공주로 이사 와 살면서였다. 사진으로만 보던 돌계단이 그대로 거기 있었다. 반가웠다. 마치 돌아가신 선생을 다시 뵙는 듯한 감회가 있었다. 공주제일감리교회는 박목월 선생의 부인이 어린 시절 다닌 영명학교 재단과 뿌리가 닿아 있는 교회이다. 100년 전 미국 감리교 계통의 선교사들이 공주에 들어와 영명학교를 세우고 교회를 열었다. 그리고 보면 박목월 선생과 부인이 이 교회에서 혼례식을 올리게 된 사연도 짐작할 만한 일이다. 박목월 선생이나 부인이 유독 임강빈 시인을 환대한 이유도 알 만한 일이다. 임강빈 시인은 젊은 시절 한때 영명학교에서 국어 교사로 재직하기도 했었다.

오늘날 공주에 박목월 선생 부인의 일을 알아볼 만한 친척이나 친지는 없다. 그러나 박목월 선생과 선생의 글을 무던히도 좋아하고 사모하는 공주 사람 하나를 나는 알고 있다. 현재 농협중앙회 공주지부 지부장인 김영만 씨가 바로 그 사람이다. 오래전부터 잘 알고 지내는 사이인 그가 박목월 선생과 박목월 선생의 글을 좋아한다는 사실을 알고 지니고 있던 선생의 수필집 7, 8권을 선물한 적이 있다. 얼마 뒤에 김영만 씨로부터 전화가 왔다.

"나 선생님, 나 선생님이 주신 박목월 선생님 책을 모두 읽었습니다."

"잘 하셨군요. 실은 나도 그 책들을 다 읽지는 못했습니다."

"그런데요, 책을 읽다 보니 박목월 선생님 처가댁이 공주라는 걸 알았습니다. 그리고 박 선생님이 제가 몸담고 있는 농협중앙회의 전신인 금융조합에 근무하신 일이 있다는 것도 알았습니다. 저희로서는 직장의 까마득한 선배가 되시는 것이지요."

나는 박목월 선생이 일제 침략기 경주의 동부금융조합이란 데서 서기로 근무한 일이 있다는 걸 이미 알고 있었다. 문학청년 시절 금융조합 입금 전표 뒷장에 시를 쓰셨다는 서럽고도 가난했던 이야기도 알고 있었다. 그러므로 내가 관심하는 일은 부인의 고향에 대한 이야기였다.

"김 선생, 사모님 고향이 어디라고 쓰여 있던가요?"

"예, 공주 시내에서 벗어난 사곡면 화월리란 곳이랍니다."

"그래요? 내가 알고 있는 것과는 다르군요. 어떤 글에는 공주 시내 어디쯤이 사모님 생가라고 쓰여 있던데요."

"예, 그런 글도 있고요, 어떤 글에는 분명히 사곡면 화월리 월안동이라 쓰여 있기도 합니다. 거기서 사모님이 출생하여 여섯 살 때까지 자랐고 그 뒤에 공주 시내로 이사 나왔답니다."

"거참, 자세히도 알아보셨군요. 나도 그전에 그쪽 초등학교에서 근무했던 적이 있었는데요. 그리고 화월리란 마을은 여러 번 가 본일이 있는데 다시 한 번 가 보아야겠군요."

"선생님, 제가 이미 다녀왔습니다."

"참 빠르기도 하시네요. 그래 가 보니까 어떻던가요? 사모님에 대해 아는 사람이라도 만났나요?"

"웬걸요. 사모님에 대해선 아는 사람이 없고 부모님에 대해서만 기억하고 있는 마을 노인을 만났습니다. 사모님의 부친을 유 도사라고도 하고 유 초시라고도 부르더군요. 왜 유 도사인가, 또 유 초시인가 물었지만 그냥 옛날부터 동네 사람들이 그렇게 불렀다고만 하더군요."

"집터나 그런 것들은 없었나요?"

"집은 물론 없었습니다. 다만 집터였다고 말해 주는 자리로 가는 길에 우물의 흔적이 있고 그 부근에 커다란 소나무가 한 그루 서 있었습니다. 그리고 나무로 지은 토광이란 것이 유일하게 남아 있었습니다. 그 토광엔 벼를 80석 정도 보관할 수 있었다고 하더군요. 그런 걸로 보아 아주 부자로 살았던 집안 같았습니다."

김영만 씨와 그런 전화를 주고받은 지도 제법 오래되었다. 요즘은 학교에도 나가지 않고 한가한 날을 보내니까 한번 박목월 선생부인의 고향에 가 보고 싶은 생각이 들었다. 그래서 내주 화요일 김영만 씨 안내로 화월리에 가 보기로 했다. 돌아오는 길엔 봉황동에 있는 공주제일감리교회 건물을 찾아 박목월 선생이 혼례식을 올리고 기념사진을 찍은 돌계단도 살펴보고 올 참이다. 박목월 선생도 부인도 이제는 세상에 계시지 않지만 공주 땅에 이렇게 선생을 좋아하고 선생의 글을 사랑하는 참된 독자가 몇 사람이라도 있다는 건 다행스런 일이고 고마운 일이다. 그러고 보면 선생은 세상을 뜨신 뒤에도 매우 행복한 시인이라 할 수 있다.

박목월 선생의 작품 가운데 어디에도 수록되지 않은 시편들이 내 스크랩에 들어 있다. 여행을 주제로 한 시들로서 선생이 신혼 생활을 하던 무렵의 시가 아닐까, 그런 즐거운 상상을 하면서 아래에 옮겨 본다.

산에/ 산이 겹쳐/ 봉우리를 안은 채/ 반 넘어 밭이 된 절터 마을을.// 반쯤 열린/ 사립문 안에/ 대추 꽃만/ 오붓이 폈네.

— 박목월, 「석탑리」 전문

기차가 연착한/ 촌 정거장/ 꽃가마 한 채/ 기다리고 있었다./ 오냐 새색시 마중 나온 꽃가마/ 새색시는 분홍치마/ 입고 오리라./ 새색시는 연지/ 찍고 오리라./ 가을바람 부는/ 촌 정거장/ 가마는 외롭게/ 기다리고 있었다.

— 박목월, 「가을」 전문

대구는/ 백여리// 서울은/ 천리// 두 줄기 선로 위에/ 해 저무는데// 산비둘기 구슬프듯/ 시계는 울고// 람프에 불을 켜는/ 역부는 늙었다.

— 박목월, 「간이역」 전문

# 지극히 따스하고 순하신 손이여

계룡산 도예촌 사람들

    가끔 특별한 선물을 살 일이 있으면 상신리 도예촌을 들른다. 지지난해 미국으로 문학 강연을 하러 갈 때 교포 문인들 선물을 사기 위해서도 그랬고 그 후에도 몇 번인가 그랬다. 요즘엔 살기가 좋아져서 그런지 먹는 것으로든 입는 것으로든 만만하게 고를 선물이 드물다. 더구나 선물을 할 상대가 도회인이거나 특별한 인물이라면 더욱 선물할 품목이 궁색해진다. 선물이란 것은 마음의 표식으로 드리는 착하고 좋으신 물건. 지난번 병원에서 신세 진 몇몇 고마운 분들에게 공주의 특산품을 선물하기 위해 도예촌을 떠올렸다.

    가을날 오후, 그것도 일요일. 추적추적 비가 내리고 있었다. 막걸리를 마시거나 무쇠 솥에 전을 부쳐 먹거나 늘어지게 낮잠을 자기 적당한 날이었다. 도예촌은 계룡산 북쪽 산기슭에 자리 잡고 있다. 공암터널을 지나 동학사 들어가는 박정자 못 미쳐 서고청동굴을 조금 지나 첫 번째 만나는 신호등에서 우회전하여 계룡산 쪽으로 들어가면 된다. 길은 금새 시골의 정취로 바뀌어 버린다. 한가한 논과 밭이며 양쪽으로 의연하게 앉은 산의 자태가 그러하다. 그 길은 계룡산 장군봉의 뒷길이기도 하다. 자동차가 갈 수 있는 제법 구불대는 외통길을 가다가 도예촌 표지판을 확인하고 우회전하여 좁은 비탈길을 오르면 그 길의 끝이 바로 도예촌이다.

공주시 반포면 상신리 55번지 어름. 계룡산 북쪽 구룡사 절터였다는데 거기 한 마을 전체가 도예촌이다. 열 가구가 좀 넘을 것이다. 한두 채 빈집도 보이지만 모두가 사람이 들어 사는 집이고 그 사람들 모두가 내로라하는 도예가이다. 그들이야말로 잃어버린 몇 백 년 전 우리 민족의 도자기 전통을 되살리기 위해 사는 사람들이다.

도예촌에 오면 나는 야릇한 흥분에 휩싸인다. 파토스pathos. 그렇다. 슬픔 같고 아픔 같은, 더러는 외로움 같기도 한 것들이 뒤범벅이 된 혼돈의 감정. 그건 거기 사는 사람들에 대해서도 그렇지만 그 땅에 대해서도 그러하다. 그렇게 깊은 산골에 집을 짓고 모여 살면서 예술 창작에 자기의 전 생애를 걸다니……. 동병상련을 아니 느낄 수 없다. 더구나 그들 대부분이 젊고 가족이 있다. 아내와 아이들. 도예가들이야 자기 인생이니 그렇다 하지만 가족이 당하는 고충은 어쩔 것이냐. 남의 일이지만 나의 일처럼 걱정되는 구석이 없지 않다.

계룡산 분청사기가 만들어졌던 곳(도요지)은 오늘의 도예촌이 아니라 동학사 입구 카페촌이 형성된 공주시 반포면 학봉리이다. 그러나 땅값이 비싸고 주변이 번거로워 오늘의 자리에 도예촌이 생기게 됐다고 한다. 분청사기에는 시대나 지역에 따라 여러 가지 기법이 있다는데 상신리 도예촌에서 고집하는 건 철화 기법이다. 그것은 오로지 공주의 계룡산 도요지에서만 철화 분청사기 파편이 나온 것을 근거로 삼는다.

분청사기란 고려청자와 조선백자 사이에 유행했던 자기를 말한다. 고려청자와 조선백자가 귀족적이고 규범적인 분위기라면 분청사기는 서민적이어서 무척 자유분방한 느낌이고, 무늬나 그림 같은 데에서 현대적 감각을 느끼게 한다. 어떤 것은 오늘의 예술품으로 내세워도 손색이 없을 정도이며 또 어떤 것은 추상적이기까지 하다. 이런 점이 도예가들을 분발시켜 청춘과 일생을 걸게 하지 않았을까.

상신리 도예촌엔 열 명 남짓한 도예가들이 각기 독립된 작업실을 차리고 있다. 몇 차례 드나들며 도예가들을 만나고 그들의 작품을 감상해 보니 그들은 서로 다른 독특한 작품 세계를 자랑하고 있다. 예술 작품과 인간은 둘이 아니라 하나이다. 자기 마음속에 들어 있는 온갖 슬픔과 기쁨과 소망을 그릇의 형태에 담았을 때 그 그릇은 만든 이의 마음을 그대로 닮게 되어 있다. 그러기에 도예가마다 작품은 다를 수밖에 없다.

내가 만나 본 바 몇몇 도예가와 도예 작품에 대한 감상은 무척이나 상식적인 것에 지나지 않는다. 도예촌 입구에 있는 계룡토방(이재

황)은 우선 질박하고 서민적이면서도 학구적이며, 그 옆집인 고토도예(김용운)는 선비적 단아함과 섬세함이 엿보이고, 광장 맞은편 집인 소여공방(박우진)은 남성적이며 강한 에너지의 분출을 맛볼 수 있고, 길을 꺾어 올라가면서 오른쪽 집인 후소도예(윤정훈)는 실험적이면서 모던한 경향이 다분하며, 맞은편 목원도예(정광호)는 친자연적 단아한 아름다움이 깃들어 있고, 다시 꺾어 마지막 길에서 만나는 이소도예(임성호)는 명상적이며 고요한 침잠의 세계를 느끼게 하는 자기이다. 또한 도예촌 입구에 들어서면서 곧바로 전시관 건너편으로 조금쯤 물러나 앉은 자리에 있는 토울공방(김준성)은 타고난 기질에 바탕한 품격 있는 작품을 생산해 내고 있는 것으로 평가되고 있다. 그 외에 내가 만나지 못했거나 만났다 하더라도 작품에 대해 제대로 알지 못하는 공방으로 미담도예(임미강 – 현재 도예촌 촌장)와 예도예(이종예)가 있다. 이렇게 적어 놓고 보니 두 분이 다 여성 도예가인 것 같은데 언제고 그들의 인간과 작품 세계를 기웃대 볼 기회가 있기를 기대해 보는 마음이다.

맨 처음 계룡토방에 들렀다. 이 집은 도예촌 입구에 있거니와 집주인이 서글서글하여 사람들이 자주 드나드는 집이다. 제법 오래전 내가 관여하는 〈금강시마을〉 회원들이 문학 기행 겸 시 낭독 월례회를 가질 때 즐겨 모임 장소를 제공해 주어 우리 회원들에게도 친숙해진 집이다. 전화라도 하고 왔어야 하는데 불쑥 찾아든 집에 바깥주인은 출타 중이고 안주인이 집을 지키고 있었다. 이것저것

돌아보며 안주인과 여러 가지 이야기를 나누다가 찻잔 몇 개와 접시 두 개를 샀다. 찻잔은 무척 전통적인 것이고 접시는 반대로 독창성이 엿보이는 것이었다.

기왕 왔으니 한 집만 들르고 그냥 돌아갈 수는 없는 일이 아닌가. 그러나 사람은 아는 길로만 가게 되어 있고 아는 사람만 가깝게 만나도록 되어 있다. 나의 발걸음은 자연스럽게 한 집으로 향했다. 길이 꺾어지고 다시 꺾어져 맨 마지막에 이르는 집이었다. 이소도예. 이 집 주인은 2005년도 도예 축제를 크게 열었을 때 마을을 대표하는 촌장의 일을 보던 사람이다. 그때 도예 축제의 몇 가지 프로그램을 내가 도와준 적이 있어 인간적으로도 가까워진 사이였다. 텁석부리에다가 퉁퉁한 몸집이 예인으로서의 뚝심을 엿보게 하는 인물인데 작품은 무척이나 곱상하고 다정다감하여 여성적인 구석까지

이소도예의 주인장 임성호 도예가와 함께. 동행했던 유준화 시인이 찍어 준 사진이다.

지닌 작가이다. 나는 그러한 이 집 주인의 작품에 주목했고 또 좋아하기에 이르렀다. 그래서 미국에 갈 때도 다른 집 작품과 함께 이 집 작품을 여러 점 사 가지고 가 그쪽 사람들로부터 칭찬을 받기도 했다.

공방의 문이 활짝 열려 있었다. 들어서니 바로 작품이 진열된 공간이 나왔다. 공방 안엔 새로운 작품들로 가득했다. 눈이 찬란하다 할까. 어디에 시선을 둘지 모를 정도로 모든 작품들이 아름다워 보였다. 그러나 장식적인 면만을 생각할 수는 없는 일이었다. 선물할 물건은 예술성이 있으면서 실용성이 겸비되어 있어야 하기 때문이었다.

"주인장, 주인장!"

주인장을 부르며 작업장 안쪽을 들여다보니 도예가는 한참 물레를 돌리며 작품 제작에 몰두해 있었다. 한두 번 불렀으니 하던 일을 마치고 나오겠지 하며 그릇 하나를 골라서 들어 올렸다. 고운 쑥색 바탕에 새하얀 국화 무늬가 한두 개 들어간 그릇이었다. 선물을 받을 분과 잘 어울릴 것 같았다. 그릇을 들어 올리는 순간 발밑에서 쨍그랑 소리가 났다. 아뿔싸! 밥뚜껑 아래 밥그릇이 있는 줄도 모르고 뚜껑 부분만 엉성하게 들어 올렸다. 그릇 깨지는 소리를 듣고 안에서 도공이 하던 일을 멈추고 밖으로 나왔다.

"이게 누구신가요?"

도공은 얼른 나를 알아보지 못하는 눈치였다. 어두운 실내에서 밝은 공간으로 나오기도 했거니와 나에 대한 정보가 겹쳐서 그랬을 것이다.

"아니, 이게 누구신가요? 나 선생님 아니세요?"

그릇을 깨뜨린 미안함으로 악수도 청하지 못하고 우물쭈물하고 있는 나를 향해 도공은 그제서야 알은체를 했다.

"임 선생, 별일 없으셨습니까? 나, 나태줍니다."

"나 선생님, 많이 아프다 하셨지 않습니까? 언제 병원에서 나오셨나요? 이렇게 돌아다니셔도 괜찮습니까?"

도공은 나에 대해서 알고 싶은 게 많은 모양이었다.

"선생님, 안으로 들어오시지요. 우리 차 한 잔 하시지요."

도공을 따라 안으로 들어갔다. 미로 같은 길을 따라 출입구가 있고 그 안엔 또 다른 공간이 열려 있었다. 도공이 따라 주는 차는 매우 향그러웠다. 찻잔 속으로 빗소리까지 자분자분 빠져드는 듯 고즈넉했다. 도공은 내가 병이 깊어 병원에서 살아 나오기 어려울 것이란 말을 여러 사람한테 들었는데 이렇게 만나게 되어 다행이란 말을 되풀이했다. 이야기를 주고받는 사이 도공의 얼굴에 짙은 수심이 어른거리고 있음을 읽었다.

"임 선생, 뭐 걱정되는 일이라도 있나요?"

그제서야 도공은 자기의 속내를 조금씩 풀어내기 시작했다.

"글쎄, 우리 형님이 많이 아프다 하지 않습니까. 이제 겨우 40을 넘긴 나이인데 그동안 참 열심히 노력하여 자기가 생각했던 일도 이루었는데 그만 고치기 어려운 병에 걸렸다 하지 않습니까. 생각하면 억울하고 속상해서 못 견디겠어요."

아, 그랬었구나. 그래서 나를 만났을 때 그렇게 반색하고 놀랐던 게로구나. 도공은 나를 보고 분명 자기 형에 대한 생각을 떠올렸을 것이고 그런 만큼 나에 대한 반가움이 배가되었을 것이다. 세상은 어디든지 이렇게 사연도 많고 아픔을 겪는 사람도 많다.

"자, 자, 임 선생. 우리 예술 이야기를 합시다. 사랑에 대해서도 이야기합시다. 나는 병원에서 나와 하루하루 한 시간 한 시간 살아 있다는 것이 얼마나 감사하고 감사한지 몰라요. 보이는 것마다 아름답고 들리는 것마다 아름답지요. 그전엔 비관론자였는데 낙관론자가 됐지 뭡니까. 그래서 며칠 전엔 이런 시도 썼어요. '보는 것마다 세상은 아름답고/ 들리는 것마다 세상은 즐겁다/ 그러하거늘/ 정녕 그러하거늘/ 사랑하는 사람이/ 눈앞에서 웃고 있음에랴!' 임 선생이 조금 전까지 작품을 하고 있었는데 그렇게 물레를 돌리고 그릇에 그림을 그리고 글씨를 쓰고 그러는 것 모두가 사랑의 행위라 생각합니다. 어찌 사랑 없이 인간의 세상이 존재할 수 있겠습니까. 사랑이 사라지면 세상도 사라지게 되지요. 사랑이야말로 세상과 인생을 밝혀 주는 등불과 같은 겁니다. 사랑은 기적을 낳게 하는 씨앗입니다. 있는 것을 없게도 하고 없는 것을 있게도 하는 신의 섭리 같은 것이기도 합니다."

젊은 예술가, 몸을 바쳐 예술 작품을 만들고 있는 예술가를 만나면 그가 나 자신인 것 같아, 나는 그렇게 하지 못했는데 그는 그렇게 하는 것이 너무나 안쓰러워 가슴이 떨리고 상기되어 말이 많아지고 끝내는 내가 의도하지 않았던 말까지도 내놓게 된다.

"선생님 말씀을 들어 보니 마음이 많이 밝아지고 위안이 되는 것 같습니다. 그렇지 않아도 오늘 아내도 집으로 가고 비도 내리고 혼자서 작품을 하는데 형님 아프단 생각 때문에 많이 슬펐습니다. 그래서 나의 슬픔이 작품에 배어들면 어쩌나 걱정을 하기도 했고요."

"임 선생, 무엇이든 포기하지 말고 우리 끝까지 소망을 가지고 삽시다. 때로는 기도하는 마음으로 사는 게 중요합니다. 임 선생에게 한 가지 부탁할 말은 자신의 작품을 아끼라는 것입니다. 작품 가운데 좋은 작품, 마음에 드는 작품, 특징이 있는 작품은 하나씩 보관해 두는 것도 나이 들었을 때를 대비해서 좋은 방법이지 싶습니다. 그것이 또 하나의 사랑의 행위입니다. 자기를 사랑하는 일이 세상을 사랑하는 일이고 또 타인을 사랑하는 밑거름이 될 것입니다."

젊은 도공과 아주 특별한 시간을 보내고 그의 집을 나서는 길, 도공은 대문간에서 나의 손을 잡고 쉽게 놓아 주려 하지 않았다. 손이 두툼하고 따뜻했다. 이 손이 바로 흙을 빚어 아름다운 그릇을 만들어 내는 창조의 손, 어머니의 손이구나. 흙의 마음을 아는 손이구나. 땅의 따뜻함을 지닌 손이구나. 거기에 세상의 가장 아름답고 순한 사랑의 마음이 깃들어 있음을 어찌 짐작하지 못하랴. 지극히 따뜻하고 순하고 착하신 손이여. 크지만 부드러운 손이여.

# 오는 사람 막지 않고 가는 사람 잡지 않는다

〈금강시마을〉 사람들

글 쓰는 사람으로 살아오기 어느덧 38년, 참 긴 세월을 한 가지 일에 매달려 살아왔다. 시단 데뷔 이전 문학청년 시절까지 합한다면 더 오랜 세월이다. 그동안 몇 군데 동인회나 문학 단체에 가입하여 활동을 해 보기도 했지만 〈금강시마을〉처럼 오랫동안 지속적으로 활동을 이어 온 모임이 내게는 없다. 한 달에 한 번씩 만나는 모임인데 거르지 않고 1995년 5월 이래 오늘까지니 참 대단한 모임이란 생각이 든다.

1995년 3월 어느 일요일, 나는 부모님의 고희를 맞아 고향 마을 한산 건지산회관에서 부모님을 위한 기념 문집 출판 기념회를 열어 드린 일이 있다. 거기에 참석했던 시인들이 돌아오면서 만든 모임이 바로 〈금강시마을〉이다. 내가 꼭 들어가 줘야 한다 해서 나까지 참여시켜 몇 사람이 의기투합하여 공주 시내 한 음식점에서 만난 것이 1995년 5월 어느 날이었다. 구중회, 김상현, 김춘원, 나태주,

안연옥, 이은채, 이효범 등이 나이 든 축이었고 강병철, 유지남, 전병철, 정혜실 등이 젊은 축이었다. 마침 그날이 둘째 주 목요일이었기에 매월 둘째 주 목요일을 정기 모임 날짜로 잡았다.

그러다가 젊은 축들이 빠져나가고 새로운 회원이 뜨문뜨문 들어오기 시작했다. 김현주, 박소영, 윤문자, 윤은경, 이건화, 이섬, 이은심, 정금윤, 조효순 등. 그런가 하면 창립 회원 가운데에서 이런저런 사정으로 빠져나가기도 했다. 구중회, 안연옥, 이은채 등이 그들이다. 잠시 들어와 활동하다가 나간 회원도 있다. 서경애, 이화숙 같은 이름들이다. 지금은 잠시 쉬고 있는 회원도 있다. 박정서, 서성석, 송봉현, 이선행, 조현숙, 하권호와 같은 회원이다.

〈금강시마을〉엔 규약이나 회칙 같은 것이 없다. 회원 간에 묵시적으로 동의하고 인정하는 불문율 같은 것만 있다. 회장이나 간사 제도가 있지만 2년 임기로 계속 바뀌니 그들은 실무자일 뿐 간부가 아니다. 모두가 평회원이다. 회원 자격은 오직 '시를 사랑하는 사람'이라는 조건 하나면 된다. 문단 등단 여부나 성별이나 연령을 묻지도 않는다. 입회 절차나 탈퇴 절차도 없다. 들어오고 싶으면 들어오고 나가고 싶으면 나가면 된다. 〈금강시마을〉의 가장 바탕이 되는 불문율은 '오는 사람 막지 않고 가는 사람 잡지 않는다'이다. 회원으로서 지켜야 할 일들이 몇 가지 있기는 있다. 매월 둘째 주 목요일 정해진 시간과 장소에 나올 것. 나올 때 회비 2만 원을 낼 것. 그리고 시 2편 이상을 가지고 올 것. 이 세 가지이다.

공주의 제민천 가 '마당 깊은 집' 이란 카페에서 시축제를 열었을 때.

　그런데도 회원이 쉽사리 줄지도 않고 늘지도 않는다. 늘 그 얼굴
이 그 얼굴이다. 이제는 회원들 간에 패밀리 의식까지 싹터 있다.
서로 형제애 같은 것을 느낀다. 어쩔 수 없는 유대감인 것이다. 그
러다 보니 모임에 들어올까 싶어 몇 차례 기웃대다가 떠나가는 얼
굴들도 있다. 별다르게 독려하는 일 없고 모임이 현실적으로 도움
이 되는 것도 아닌데 회원들의 참석률이 좋다. 만나고 나서 한 달쯤
지나면 저절로 생각이 나고 그리워지는 마음이 생기는 것이 〈금강
시마을〉 회원들의 마음이다. 이제는 너나없이 만나지 않고는 못 배
기는 사람들이 되었다. 최근엔 또 몇 사람의 회원이 새로이 들어왔

다. 김서누(본명 김선우), 송영숙, 문정아, 정선영, 최윤경 같은 이름들이다. 이들도 우리 모임에 들어왔으니 우리의 정다운 형제가 되어 오랫동안 우리와 더불어 시를 사랑하는 마음을 연결 고리 삼아 좋은 시를 쓰고 좋은 인생도 일구며 살기를 바라는 마음이다.

〈금강시마을〉 회원들만 생각하면 '지주중류砥柱中流'란 말이 떠오른다. '지주중류'란 '세상살이 아무리 혼탁하고 살기 힘들어도 변하지 않는 꿋꿋한 마음' 정도의 뜻이 될 것이다. 본래 '지주'는 우리나라가 아니라 중국 쪽에서 유래된 말인데 중국의 황허 강 중류에 있는 기둥 모양의 돌을 가리키는 이름이다. 이 돌은 생김새가 숫돌 같으며 격류 속에서도 떠내려가지 않고 우뚝 솟아 있다고 한다. 여기서 '지주중류'란 말이 생겼고 인간의 삶도 마땅히 저래야만 한다는 의도로 사용되어 온 말이다. 문학 작품이 좋으려면 인간의 삶이 아름다워야 하고 인간의 내부 풍경이 먼저 맑고 올곧아야 한다. 그 인간의 아름다운 삶, 맑은 내부 풍경을 나는 때로 〈금강시마을〉 회원들에게서 읽곤 한다.

〈금강시마을〉 회원들이여, 부디 건강하시라. 그리고 좋은 시 많이 쓰고 좋은 인생을 이루시라.

# 찔레꽃 서사

## 〈율문학〉 사람들

제민천 개울물이 붇고 시원스럽게 소리 내어 흐를 때면 생각나는 사람들이 있다. 공주사범대학에 다니며 〈율문학〉 동인으로 활동하던 학생들이다. 아주 오래 전, 공주로 직장을 옮기고 난 해 여름이었을 것이다. 딸아이가 태어나고 며칠이 지나지 않은 어느 날이었다. 그날도 비가 많이 와서 제민천 물이 붇고 물소리가 시원스럽게 들렸을 것이다. 퇴근 시간 무렵에 근무하던 학교로 청년 둘이 찾아왔다. 〈율문학〉 동인으로 활동하던 공주사대 정영상과 전종호란 학생이었다. 두 사람은 군대에 갔다가 복학한 아저씨 학생으로 시에 대한 식견과 실력을 지니고 있었다. 정영상은 그 뒤에 여러 권의 시집과 산문집을 냈으나 병을 얻어 아깝게 세상을 떠난 시인이고, 전종호는 그 당시 서울의 권위 있는 문학 잡지에서 모집한 대학생 문학 작품에 시가 당선되어 촉망을 받던 학생 시인이었다. 우리는 그동안 이미 여러 번 만나 얼굴을 익힌 사이였다.

다짜고짜로 우리 집으로 가 새로 태어난 딸아이를 보자면서 조그만 물건 하나를 건넸다. 포장지를 열고 보니 아주 조그맣고 앙증스러운 여자 아기의 꽃고무신이었다. 딸아이가 걸음마를 시작하거든 신겨 주라는 것이 그들의 당부였다. 그들은 딸아이의 이름도 자기들이 지어 왔다는 것이다. 초롱이. 나초롱. 얼마나 예쁜 이름이냐고 자화자찬하며 낄낄댔다. 아마도 나를 찾아오기 전 한두 잔 술을 마셨던가 보다. 우리는 집으로 가 딸아이를 보고 꽃고무신은 아내에게 넘기고 가까이에 있는 막걸리 집으로 자리를 옮겼다. 그날 우리는 제법 많은 막걸리를 축냈을 것이다. 술자리를 파하고 술집을 나서면서 보니 그들은 맨발에다가 바짓가랑이를 걷어 올려 반바지처럼 입고 있었다. 금방 논에서 일을 하다가 돌아온 사람들같이 보였다. 제민천 물을 거슬러 올라온 힘센 지느러미를 가진 물고기 같기도 했다.

그 뒤로 나는 〈율문학〉 동인들이 문학 모임을 가질 때면 어김없이 초청 받아 참석하는 외부 인사가 되었다. 학교 안에서도 그러했고 학교 밖에서도 그랬다. 당시는 5공화국 시절이라 교수들도 학생들 행사에 참석하는 것을 매우 꺼리고 있었다. 나는 그런 것도 아랑곳하지 않고 (사실은 눈치도 없이) 학생들 모임에 참석했으니 조금은 겁이 없었다 싶기도 하다. 오죽했으면 공주사대 모 교수가 나더러 준교수라 했을까. 그들을 따라 그들이 불러 주어 가 본 곳이 많다.

그 가운데 하나가 순두부집이란 음식점이다. 〈율문학〉 동인들의 단골 술집이요 아지트였던 집. 그 순두부집은 제민천 가에 있던 집으로 공주우체국 맞은편 거리에 있었다. 이름 그대로 순두부만을 막걸리와 함께 파는 집이었는데 주인아주머니가 아주 마음씨가 후했다. 그 집은 한길보다 위치가 낮아서 제민천 둑길에서 들어가려면 지하층으로 내려가는 듯한 기분이 들었다. 방은 여러 개였는데 벽은 때에 절은 그대로요 낙서투성이에 천장은 쥐 오줌으로 얼룩져 있었고 때로는 실제로 천장에서 쥐들이 우당탕거리는 소리가 들리기도 했다. 그러나 학생들은 오히려 그런 허술한 분위기를 좋아하지 않았나 싶다.

술자리는 언제나 처음에는 근엄하고 조용하게, 그럴 듯하게 시작되었다. 그러나 시간이 지남에 따라 질서는 무너지고 어수선함과 소란스러움이 지배하게 마련. 어느만큼 어수선함과 소란스러움이 깊어지면 그런 것들을 한꺼번에 휘어잡는 것이 있었다. 노래였다. 「찔레꽃」이란 유행가였다. 언제부턴가 〈율문학〉 동인들은 이 노래를 전설처럼 불러 왔다고 했다. 그 노래에는 특별한 순서가 따랐다. 노래 부르기 전에 '서사序詞'란 것을 외우는 순서가 그것이었다. 이들이 말하는 '서사'란 노래 부르기에 앞서 웅변조로 하는 시적인 문장이었다. 이 또한 누가 먼저 시작했는지 모르게 시작됐으며 누가 시키는 것도 아닌데 선배로부터 후배로 면면히 전해져 내려오는 하나의 전통 같은, 마음의 유물과도 같은 것이라 했다.

'서사'는 아무나 할 수 있는 게 아니다. 문장을 외우는 재주도 있어야 하지만 그보다 더 중요한 게 흥이 있어야 하고 신명이 따라 줘

야 한다. 그래서 동인 가운데 '서사'를 외울 줄 아는 사람은 두세
명 정도에 지나지 않는다 했다. 내가 학생들을 만나던 당시엔 이인
호란 학생이 제일 잘했고 그 다음으로는 민병성, 김동경 정도가 뒤
를 따랐다. '서사'를 외울 때는 모두들 이야기를 삼가고 침묵하면
서 귀를 기울었다. 누가 시켜서 그런 것이 아니었다. 길고 긴 서사
가 숨차게 끝이 나면 다 같이 입을 모아 노래를 불렀다. 장중하게
불렀다. 그것은 〈율문학〉 동인회의 주제가쯤 되었던가. 유행가도

1979년의 어느날 저녁, 공주사대 〈율문학〉 초청으로 문학 강연을 하러 간 적이 있었다.
사진 속에 조재훈 · 김동원 교수, 박용래 선생, 구재기 시인, 학생이었던 민병성, 송향순,
이성숙, 이숙자, 전종호, 정영상, 조재도 등의 얼굴이 들어 있다.

그쯤이면 하나의 의식가처럼 들리게 마련이었다. 비밀 결사나 종교 의식을 치르는 사람들처럼 그들의 표정은 엄숙하고 진지하고 열정적이었다.

이른바,
대동아 전쟁의 풍운이 휘몰아치던 날
우린 그 어느 때보다 슬픈 별 아래 살아야 했다.
절망의 황혼,
우린 허수아비였다.
전쟁의 광란 앞에 바쳐진
슬픈 제물이었다.

산에 올라
소나무 껍질을 벗기던 근로보국대의 하룻날
어린 소년은 점심을 굶었고
고갯마루를 오르던 목탄차는
일제의 마지막 숨결인 양 허덕였지.

까까머리에 국민복
을씨년스런 몸뻬 차림으로
한 톨의 배급 쌀을 타려고
왼종일 나래비를 서고
처녀들은 정신대에 끌려갈까 봐

시집을 서둘렀지.

못 견디게 가혹한 그 계절에도
찔레꽃은 피었는데,
산천은 그렇게 아름다웠는데,
우린 자꾸만
눈물이 쏟아졌는데……

— 「찔레꽃 서사」(민병성 제공)

생각해 보면 모두가 이제는 지난날의 이야기이고 잊힌 일들이다. 그동안 많은 세월이 흘러가 사람도 바뀌고 자연도 바뀌고 세상 모습도 바뀌고 말았다. 학생들이 그렇게 좋아하던 순두부집도 자취를 감춘 지 이미 오래. 세월이 지남에 따라 사람 흩어지고 옛집이 있던 자리에 아파트가 들어서고 빌딩이 들어서고 큰길이 뚫렸으니 무슨 할 말이 더 있겠는가. 다만 마음속에 한 조각 추억과 그리움으로 남아 한숨을 쉬고 있을 뿐이다.

# 4

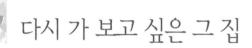

## 다시 가 보고 싶은 그 집

# 해마다 식목일이면

여여당

    해마다 식목일이면 나를 만나러 오는 사람이 있었다. 아니, 공주를 찾아오는 사람이 있었다. 양이다. 양이는 서울서 초등학교 교사로 일하는 젊은 여성이다. 서울 본토박이인데 공주로 내려와 공주교육대학에 진학했다. 나와 알게 된 것은 1981년, 내가 교사로 근무하던 공주교육대학 부속국민학교로 그녀가 참관 실습을 나오면서부터다. 그녀는 솜털이 보송보송한 풋내기 대학생이었다. 우리 반으로 열대여섯 명이 배당되어 1주일 정도 내가 하는 수업도 관찰하고 아이들과도 지내다가 대학으로 돌아가도록 되어 있었다.

    아마도 참관 실습이 끝나는 날이었을 것이다. 마지막으로 평가를 겸해서 그동안 보고 듣고 경험한 것에 대해 발표하는 시간이 있었다. 앉은 차례대로 발표를 해 나갔다. 맨 마지막에 앉은 여학생 차례가 되었다.

    "떠나는 자는 말이 없다고 합니다. 앞에서 다른 사람들이 좋은 말을 많이 했기 때문에 저는 더 이상 할 말이 없습니다."

매우 당돌했다. 듣기에 따라서는 거북하고 기분이 나쁠 수도 있었다. 그러나 나에게는 매우 신선하게 느껴졌다. 가슴속에서 쿵 하는 소리가 들리는 듯싶었다. 그때에서야 주의를 기울여 그 여학생을 바라보았다. 동그스름한 얼굴에 조그만 몸집이 무척 귀여운 여학생이었다. 다만 눈초리가 약간 올라가 내면적 강인함 같은 것이 엿보였다. 그렇게 양이는 내 관심 속으로 들어왔다.

양이는 교생 실습을 마치고 대학으로 돌아간 뒤에도 자주 우리 교실로 다니러 왔다. 아마도 내 편에서 자주 놀러 오라고 권했는지도 모를 일이다. 와서는 이것저것 대학 생활에 관한 이야기를 늘어놓았다. 양이는 그 무엇도 심각하게 생각하지 않는 성격을 가졌다. 솔직하면서도 담백했다. 계산속이 없었다. 모든 일을 가볍게 가볍게 넘기곤 했다. 양이는 명랑했다. 까르르까르르 소리를 내어 웃기를 좋아했다. 양이는 마치 건드리면 소리를 내는 장난감 같았다. 아주 작은 일에도 크게 반응하며 소리 내어 웃기를 잘했다. 아마도 나는 그러한 양이의 면면들을 좋아했나 보다.

그때 내 나이 30대 후반. 40이 되기 전에 그럴듯한 연애 시집 한 권쯤 남기고 싶었는데 잘 되었다 싶었다. 양이를 주인공으로 한번 써 보리라. 그런 뒤부터 나는 양이에 대해 더욱 관심을 가지게 되었다. 그녀가 하는 말, 그녀의 표정이나 행동, 그 주변에서 우러나는 느낌의 빛깔, 주고받은 이야기, 거기다가 나의 소망까지를 합쳐 시를 써 나갔다. 그 시들이 모여 한 권의 시집이 되었고 또 한 권의 시집이 되었다. 시집은 쉽게 나왔다. 『사랑이여 조그만 사랑이여』와 『구름이여 꿈꾸는 구름이여』. 시집이 나와서 양이에게 시집을 건네주었을 때 그녀는 그것이 자기를 소재로 하여 쓰여진 책이라는 걸 전혀 알지 못하고 있었다.

두 권의 시집을 쓰는 동안 양이와 함께 다닌 공주의 여기저기가 많다. 차라리 양이를 따라다닌 곳들이라 말해야 좋을 것이다. 계룡산에도 올랐고, 5월 보리밭과 미루나무 줄지어 선 길을 걸어 시목동 어부집에도 여러 차례 가 보았고, 신관동 상록원에도 자주 들렀다. 그 가운데 가장 기억에 남는 것은 여여당如如堂에 대한 것이다. 여여당은 이름은 그럴듯한데 건물은 보잘것없는 조그만 집이다. 물론 지금 그 여여당은 사라지고 없다. 여여당은 신관동 금강 변의 조그만 언덕 위에 동그마니 서 있었다.

여여당은 원두막이나 정자 같은 모양이었다. 네 개의 기둥 위에 판자로 누마루를 만들고 그 위에 지붕을 씌운 형태였다. 정자나 원두막과 다른 점이 있다면 누마루의 사방을 판자로 막아 방처럼 꾸미고 한편에 출입문을 달았다는 것이었다. 여여당이라! 무엇하고 무엇이 같단 말인가? 아니면 무엇이 그리도 변함이 없이 꿋꿋한 모습이란 말인가? 그건 정식 현판으로 걸린 이름도 아니었다. 그 집을 아는 몇몇 학생들이 오다가다 그렇게 자기들끼리 지어서 부르는 이름에 불과했다. 여여당은 더러 세출당이라 불리기도 했다.

초록물이 들기 시작하는 금강교 옆의 늙은 버드나무.
우리는 때로 눈에 보이는 것들 너머 눈에 보이지 않지만 아름답고 슬픈 것들을 그리워한다.

그 집에 오세출이란 청년이 살고 있기 때문이었다. 공주사범대학 미술과를 졸업한 오세출은 서양화 전공으로 대학을 졸업하고서도 그림을 그려 보겠다고 고향집으로 돌아가지 않고 여여당에 묵고 있었다.

가끔 여여당에 들러 보면 주인이 있기도 했고 없기도 했다. 차라리 없는 날이 더 많았던 것 같다. 그러나 번번이 여여당의 문은 잠기지 않고 열려 있었다. 방 안엔 조그만 오디오 세트와 음반이 널려 있었고 그림 도구와 미술책도 있었다. 벽엔 모딜리아니의 그림 속 목이 두루미같이 길고 눈빛이 새파란 여자가 우리를 바라보았다. 양이는 그 여여당과 오세출이란 인물을 좋아했던 것 같다. 아니면 그 주변에 감도는 분위기 같은 것을 좋아하고 있었지 싶다. 지금 생각해 보면 인간도 자연도, 그것을 아우른 풍광도 꿈같이 아득하게만 느껴진다.

양이가 대학생일 때는 공주교육대학이 2년제였다. 2년은 빨리 지나갔고 양이는 다시 서울로 돌아갔다. 다음 해쯤이었을까? 양이로부터 편지가 왔다. 식목일이 쉬는 날이니 공주로 내려오겠다는 내용이 적혀 있었다. 우리는 다시 만났고 만나서 잠시 반가웠고 시답잖은 이야기를 주고받으며 실없이 웃었고 저녁때가 되어서 헤어졌다. 그 뒤 양이는 해마다 식목일이면 내게 편지를 보냈고 공주로 내려와 나를 만나고 돌아갔다. 처음 나는 양이가 나한테 볼일이 있어 찾아오는 줄 알았다. 그러나 해가 바뀌면서 조금씩 알게 된 것은 양이는 나를 만나러 오는 것이 아니라 공주를 만나러 왔다가 공주의 일부로서 나를 만나고 돌아간다는 것이었다. 양이에게 그것은 일종의 추억 여행이었다. 추억 속의 사물과 인물을 찾아 떠나는 마음의 여행 말이다.

그랬던 양이도 이제는 공주를 찾아오지 않는다. 아니, 나를 찾아오지 않는다. 그렇게 하기를 벌써 10년 가까이. 어쩌면 지금도 공주에 찾아오기는 하지만 나에게 연락을 하지 않고 살그머니 왔다가 살그머니 돌아가는지도 모를 일이다. 양이의 추억 여행의 항목에서 드디어 내가 빠져 버린 것이다.

# 추억이 말하게 하라

가늘은
가늘은 길이 있었다고
길가에 오랑캐꽃
보랏빛 입술이 벌렁거리고 있었다고
줄지어 미루나무
새 잎 나는 미루나무가 서 있었다고

그리고
그리고 미루나무 위에
지절거리는 새들의 소리
리본처럼 엉혀서 휘날리고 있었다고

말하지 말고
당신이 나서서 말하지 말고 추억이
추억이 말하게 하라

그리고 또
그리고 한 계집애가 있었다고
검고 긴 머리카락
나부끼는 블라우스

맑은 눈빛에 하늘이
파란 하늘빛이 겹쳐서 고여
일렁이고 있었다고

말하지 말고
서둘러 서둘러서 말하지 말고 추억이
차근차근 말하게 하라.

# 언덕 위 조그만 찻집

상록원

지금은 꿈속에서나 볼 수 있는 풍경이 공주에는 여럿 있다. 한 시절 분명히 있었으나 지금은 없어진 풍경들. 오직 마음속에만 살아 숨 쉬는 풍경들이다. 어부집, 여여당, 순부두집, 쌍화탕집 등. 상록원도 그 가운데 하나이다.

상록원은 신관동의 공주대학교 앞 현대아파트가 밀집해 있는 지역에 있었다. (현재 공주대학교 인문사회대학 간판이 붙어 있는 교문 맞은편 현대아파트 102동과 103동 사이쯤일 것이다.) 나직한 언덕 위에 있던 조그만 찻집이었다. 멀리서 보면 허름한 창고처럼 기다랗게 보이는 집이었다. 사실 가까이 가 보아도 벽돌로 대충 지은 집이었다. 다만 벽을 타고 올라간 담쟁이덩굴이 그 집에 운치를 보태 주었다.

주로 학생들이 손님으로 드나들었다. 실내의 중앙에 커다란 어항이 있었고 창가 양쪽으로 좌석이 있었다. 그 집에 들어가면 젊은이들의 이야기 소리, 웃음소리가 음악 소리에 합쳐져 또 하나의 음악처럼 들렸다. 밝고 경쾌하고 즐거운 분위기였다. 자유분방했다. 어쩌면 그런 분위기가 좋아서 그 집을 찾았는지도 모른다.

맥주를 주로 팔았다. 학생들이 요구하면 라면 같은 가벼운 식사 종류도 제공되었다. 나도 가끔 젊은 손님이 오면 그 집으로 안내했고 학생들과 약속이 있을 때에는 아예 그 집에서 만나는 걸로 했다. 서쪽 창가의 자리가 좋았다. 금강이 그대로 내려다보이고 공산성도 보였다. 그 자리가 가장 제값을 발휘할 때는 저녁때 해질 무렵. 금빛으로 반짝이는 물비늘을 등에 진 금강 물이 꼬리를 흔들며 멀리 사라지는 것이 보였다.

나는 그 자리에서 대전문화방송에서 1984년에 방영한 『참된 생활인』이란 프로그램의 여러 장면을 촬영하기도 했다. 맥주잔을 들고 노을 진 금강을 바라보며 학생들과 만나 이야기 나누는 장면이었다. 저녁 햇빛이 비쳐 유리잔 속의 맥주가 주황색으로 물들었다. 그 자리에서 여러 편의 시를 쓰기도 했다. 그 시들이 시집 『사랑이여 조그만 사랑이여』와 『구름이여 꿈꾸는 구름이여』에 들어가기도 했다.

유난히 키가 큰 비가 내렸다,
키 작은 그 애를 위하여.

유난히 눈이 하얀 비가 내렸다,
눈이 까만 그 애를 위하여.

산장,
사방이 유리창으로 싸여 있는 집,
유리창으로 담쟁이덩굴이 기웃거리는
집에서.

비가 되었다.
담쟁이덩굴이 되었다.
음악 뒤에 몸과 마음을 숨겼다.

비어 있는 의자,
그 애가 보이지 않아서
갑자기 나는 불안해졌다.

선생님,
뭘 두리번거리시는 거예요?

빗속에서 웃고 있었구나.
담쟁이덩굴 속에서 웃고 있었구나.
음악 속에서 웃고 있었구나.

사뿐,
그 애는 의자에 돌아와 앉는다.

# 금강 변 조붓한 길을 따라

어부집

어부집은 이름 그대로 한 어부가 물고기를 잡아다 그 물고기를 음식으로 만들어 파는 집이었다. 금강 변 외딴 곳에 있었다. 공주 금강에 다리라고는 금강대교 하나밖에 없던 시절, 금강교를 건너 금강 변의 조붓한 길을 따라 가야만 했다. 경운기 하나가 겨우 다닐 만하던 길. 그 길을 타박타박 걸어서 시목동(감나무골) 안길로 해서 보리밭을 지나서 갔다. 5월의 어느 날 오후였다.

산 아래 외딴집이 한 채 금강을 바라보고 있었다. 허름한 나무 울타리에 사립문조차 없던 집. 그 집에는 벌써 여러 명의 손님이 와 있었다. 손님의 주류는 공주사범대학교 학생들. 가끔 공주교육대학의 학생들이 끼기도 한다. 방은 물론이거니와 마루에도 술상이 차려져 있고 더러는 마당에 술판을 벌인 축들도 있었다.

해가 기울면서 더 많은 손님들이 몰려들었다. 밤이 와 날이 어두워졌지만 그 집에서는 전등불을 켜지 않았다. 그 집에는 그때까지

도 전기가 들어오지 않았던 것
이다. 어둠을 촛불로 밝혔다. 소
주병이나 '됫병'이라고 불리는
정종 병에 초를 꽂아서 밝힌 촛
불이었다. 촛불이 밝혀지니 집
안 분위기가 더욱 으슥해졌다.

안주는 널따란 양은 냄비에 담아 끓인 민물고기 매운탕 한 가지.
술도 막걸리 한 가지. 저녁 시간이 깊어지면서 취기가 오른 손님들
이 늘어나기 시작했다. 더러는 언성을 높여 떠들기도 하고 말로 다
투는 소리도 들렸다. 나중에는 꺼이꺼이 우는 친구들도 생겼다. 분
위기 탓이었을 것이다. 그 집 나름대로 독특한 분위기가 사람들을
그렇게 만들었을 것이다. 나도 그날은 길지 않은 시간 머물며 상당
히 많은 술을 마셨던 것 같다. 마루에서 내려와 그 집을 나올 때 다
리가 심하게 휘청거렸다.

흐린 달빛이 비치고 있었던가. 보리밭 길을 걸어서 돌아오는 길
엔 밤바람이 옷깃을 스쳐 선뜩선뜩했다. 금강홍수통제소 앞길을
걸어 나올 땐 길 가운데 서 있는 하늘에 닿도록 커다란 느티나무에
서 여러 마리의 소쩍새가 울고 있었다. 소쩍새 울음소리가 느티나
무에 주렁주렁 매달린 것 같았다. 양이가 앞장서 보리밭 사잇길을
걸어가고 있었다. 그녀의 뒷모습도 조금은 흔들리는 듯했다.

# 「부용산」 노래를 듣던 깊은 밤

## 타박네

부용산 오리 길에 잔디만 푸르러 푸르러
솔밭 사이사이로 회오리바람 타고
간다는 말 한 마디 없이 너는 가고 말았구나
피어나지 못한 채 병든 장미는 시들어지고
부용산 봉우리에 하늘만 푸르러 푸르러.

도대체 처음 듣는 노래였다. 가사도 곡조도 낯설었다. 그러나 애
조 띤 가락은 가슴에 남아 조용히 머물며 잊히지 않는 무늬를 남겼
다. 1980년대 말에서 1990년대 초. 내 나이 40대 후반. 공주 시내
한복판 중동사거리 부근 한 건물의 2층 조그만 술집에서만 들을 수
있는 노래였다. 그것도 낮 시간이나 초저녁 시간이 아니라 늦은 밤
시간에만 들을 수 있는 노래였다.

노래를 불러 주던 사람은 김재성 씨. '타박네'란 이름의 술집 주

인이었다. 몸집이 조그마하고 얼굴이 동글동글하니 무척 귀염성이 있는 여자였다. 그야말로 아리잠직하다고 표현해야 좋을 그런 여자였다. 위장이었을까? 여자는 나이를 물으면 언제나 보기보다는 훨씬 많은 나이를 대곤 했다. 이미 장성한 자식이 있다고도 했다. 그래도 여자는 인기가 좋았다. 노소를 불문하고 드나드는 남자 손님들은 여인네를 좋아했다. 주로 맥주를 팔았는데 단골손님도 많았고 수입도 쏠쏠해 보였다.

　어느 날이었는지 술 마시러 갔다가 우연히 노래를 듣고 단박에 반해 버렸다. 기회 있을 때마다 들러 노래를 들려 달라고 부탁했지만 주인 여자는 쉽사리 노래를 부르지 않았다. 주인 여자가 그 노래를 부르는 시간이 따로 있었다. 그녀의 말대로 '시마이', 하루의 영업을 마무리하는 시간에만 노래를 부른다는 것이었다. 누가 시켜서 그런 것도 아니고 다만 자기가 그렇게 정해서 한다는 것이었다.

　아닌 게 아니라 노래를 들으려면 영업이 끝나는 시간을 기다려야만 했다. 자정 가까운 시간까지 죽치고 앉아서 술을 마시든지 그 시간대에 맞춰 작정하고 술집으로 찾아가야만 하는 일이었다. 하긴 그렇게 해서 여러 차례 주인 여자의 노래를 들을 수가 있었다. 나는 주인 여자가 부르는 노래 가사를 종이에 받아 적기도 했다. 주인 여자에게 그 노래를 언제 누구한테 배웠느냐 물었지만 어려서 학교 다닐 때 배웠노라고만 말했다. 작사자가 누군지 작곡자가 누군지도 모른다는 것이었다. 정체불명의 노래였다.

이 노래가 바로 「부용산」이란 노래다. 숨겨진 얘기가 많은 노래다. 노래가 만들어진 것은 광복 후 얼마 지나지 않은 1948년 전남 목포에서였다. 이 노래의 작사자인 박기동朴璣東 씨는 당시 목포 항도여자중학교(현 목포여자고등학교) 국어 교사였고, 작곡자인 안성현 씨도 같은 학교 음악 교사였다. 그해 10월, 3학년에 다니던 김정희란 학생이 17세란 아까운 나이에 폐결핵으로 요절했다. 이를 안타깝게 여긴 안성현 씨는 박기동 씨의 노트에 적혀 있던 「부용산」이란 시에 곡을 붙여 일찍 죽은 제자의 죽음을 애도했다. 노래는 학교에서 처음 발표되어 학생들 사이에 애창되었고, 이내 교문 밖으로 나가 일반인들까지 따라서 부르는 노래가 되었다. 당시의 시대 상황과 노래의 내용이 맞아떨어져서 그랬을 것이다. 뒷날 박기동 시인이 인터뷰에서 밝힌 내용이다.

이 노래는 한동안 금지곡 아닌 금지곡이 되는 불운을 겪었다. 작곡가인 안성현 씨가 6·25 전쟁 때 월북을 했고 지리산으로 들어간 빨치산들이 이 노래를 즐겨 불렀다는 이유에서였다. 이 노래는 전혀 사상적이지도 않고 공산주의 이념하고 선이 닿지도 않았으면서 '빨갱이의 노래'란 오해를 받았다. 그래서 아는 사람들만 알고 부르는, 숨어서 부르는 노래가 되었다. 주로 남도 출신 사람들만 아는 구전 가요가 되고 작사자도 작곡자도 없는 노래로 통하게 되었다. 그러나 아름다운 것, 좋은 것은 끝까지 묻혀 있을 수만은 없다. 서서히 이 노래가 세상에 알려지는 계기가 생겼다.

그것은 1998년 2월 14일의 한국일보 지면에 김성우 논설위원이 이 노래에 대해서 애정 어린 글을 발표하면서부터였다. 작사자와 작곡사의 실명이 밝혀지는가 하면 노래에 어린 애달프면서도 아름다운 사연이 공개되고, 나아가 작사자가 호주 시드니에 이민 가 살고 있다는 사실도 밝혀졌다. 작사자 박기동 씨는 김성우 논설위원의 권유에 따라 「부용산」 2절을 작사하여 고국으로 보내기도 했다. 또한 이동원, 안치환, 한영애 같은 특색 있는 가수들이 이 노래를 불러 자신들의 음반에 실었다. 이래서 이 노래는 날개를 달고 세상으로 나오게 되었다.

알고 보니 그동안 내가 만나 온 사람들 가운데 이 노래를 맛깔나게 부르는 시인들이 여럿 있었다. 이가림, 서정춘, 송상욱 시인 등. 이들은 모두 호남 출신이다. 이들 또한 어린 시절 구전으로 내려오는 노래를 누군가로부터 배워 부르게 되었으리라. 세상에 알려지기는 작사자인 박기동 씨가 제자의 죽음을 슬퍼해 노랫말을 작사한 것으로 되어 있지만, 실은 시인의 누이가 그보다 한 해 전에 세상을 뜬 것을 슬퍼해서 지은 시였다고 한다. 출가한 누이가 24세에 폐결핵으로 사망하자 벌교읍(전남

「부용산」의 작사자 박기동 시인.

<sup></sup>보성군) 소재 부용산에 묻고 산을 내려오면서 그 심정을 쓴 시라고 한다. 시가 쓰여진 곳은 벌교이고 노래가 만들어지고 최초로 불린 곳은 목포인 것이다. 이렇게 해서 이 노래에는 두 사람의 젊은 여성의 죽음 이야기가 깔렸다.

타박네란 술집에 드나들던 것도 어느덧 20년 가까운 옛날의 일이 되었다. 그 사이에 타박네의 주인 김재성 씨는 가게를 접고 고향인 전북 익산으로 돌아갔다. 나도 나이가 들고 술집에 드나드는 일도 줄어들어 김재성 씨가 고향으로 돌아갔다는 소식도 한참 뒤에야 전해 들었다. 그런데 전혀 의외의 시간과 장소에서 김재성 씨를 다시 만났다.

2004년 8월 말경, 미국 로스앤젤레스의 한인 교포 문인들의 초청으로 그곳 해변 문학제에 강사로 간 일이 있었다. 벤추라 해변의 한 호텔에서 문학 강연을 하는 시간인데 그 자리에 예의 그 타박네 주인 김재성 씨가 색안경을 쓰고 나타난 것이었다. 콧수염을 기른 한 건장한 중년의 남자와 함께였다. 그동안 재미 교포와 재혼해서 그곳에서 살고 있다는데 함께 온 그 남자가 남편이라고 했다. 어떻게 내가 미국에 문학 강연하러 온 것까지 알았느냐 물었더니 내가 문학 강연에 앞서 현지의 라디오 방송국에 출연하여 인터뷰하는 것을 듣고 알았다는 것이었다. 생각해 보니 이 일 또한 벌써 몇 년 전의 일. 세월이 지나면서 이런 사소한 일조차도 '그립고도 아쉬운 일'이 되어 갈 것이다.

뒷이야기

「부용산」의 작사자 박기동 씨는 한동안 「부용산」을 작사했다는 사실 하나만으로 정보기관의 감시와 시달림 속에서 살았다. 그래서 1993년엔 호주로 이민을 가서 살았는데 노래에 대한 세간의 오해가 풀리고 노래가 세상에 널리 알려진 뒤 귀국하여 고국에서 지내다가 88세를 일기로 세상을 떠났다고 한다.

그동안 지인들의 요구로 「부용산」 2절을 작사하기도 했고 고향인 벌교읍 부용산에 「부용산」 노래비가 세워지는 좋은 일도 있었다고 한다. 노래를 만들던 당시 박기동 씨의 근무지였던 항도여자중학교, 현재의 목포여자고등학교 교정에도 2002년 4월 24일 날짜로 「부용산」 노래비가 세워졌다. 「부용산」의 2절을 적어 본다.

그리움 강이 되어 내 가슴 맴돌아 흐르고
재를 넘는 석양은 저만치 홀로 섰네
백합일시 그 향기롭던 너의 꿈은 간 데 없고
돌아서지 못한 채 나 홀로 예 서 있으니
부용산 저 멀리엔 하늘만 푸르러 푸르러.

# 마침내 돌아올 곳으로 돌아온 듯한

## 새이학식당

어느 고장이든지 그 고장을 대표하는 음식이 있게 마련이다. 오랜 세월 사람들의 입맛과 기호에 의해 그렇다고 인정이 되는 음식 말이다. 공주를 대표하는 음식은 무엇일까? 여러 가지를 종합해 볼 때 사람들은 이학식당의 따로국밥을 쉽게 떠올릴 것이다. 식당의 역사가 오래고 음식의 맛이 또한 깊다. 식당의 창업주는 고봉덕高峰德 여사(1926년 생). 당초 공주 한흥여객 차부 옆에서 간판도 없이 국밥과 가께우동(가락국수)으로 시작하여 1947년 중학동에서 '이학'이란 이름으로 식당 간판을 걸고 국밥을 본격적으로 말기 시작하면서 돈을 모았다. 그 자금으로 현재 위치한 이학식당의 뿌리를 내렸다고 한다. 올해(2008년)로 회갑을 맞는 식당의 연치니 공주의 대표 식당이요 대표 음식이라 해도 별 이의가 없을 듯하다.

그동안 공주를 찾은 단체나 인물 가운데 이학식당을 다녀간 인물이나 단체가 적잖은 것으로 알려져 있다. 이 고장 출신인 김종필 씨나 심대평 씨는 물론이고 대통령을 지낸 인물도 여럿인 것으로 전한다. 그 가운데 특별하고 인상적인 인물로 식당 주인은 단연 박정희 대통령을 꼽는다. 그야말로 서민적인 이미지였다고 한다. 밀짚모자를 쓰고 수수한 옷차림으로 조용히 와서 티 나지 않게 국밥 한 그릇 시켜 먹고 갔노라고 전한다.

내가 이학식당을 제대로 알고 찾아다닌 것은 1979년 공주로 이사 오고서부터이다. 직장의 회식이며 지인들과의 모임이 이학식당에서 자주 있었다. 그 당시 이학식당은 공주 시내 중앙통이라 할 박물관 사거리에 있는 3층 건물 전체를 통째로 쓰고 있었다. 그 해에 마침 한국시인협회 가을 세미나가 공주박물관 강당(현 충남역사박물관)에서 열렸는데 저녁 식사를 '동명장'에서 하고 그 다음 날 아침밥을 이학식당에서 따로국밥으로 했다.

식당이 있던 자리가 목이 좋았다. 당시는 부근에 여관도 여럿 있었고 오가는 사람들도 많았다. 가까이 옛 공주박물관이 있어 외국인들도 자주 눈에 띄었다. 특히, 일본인들은 공주에 오면 박물관에 들러 이학식당에 와 식사를 하는 것이 코스가 되어 있었다. 이른 아침 식사까지 준비되어 있어 더욱 그랬던 것 같다. 이학식당을 애용하기는 외지인들만 그런 것이 아니라 공주 본바닥 사람들도 마찬가지여서 외식하는 날이면 이학식당을 찾는 사람들이 많았다. 그러기에 이학식당에만 가면 만나 인사하는 사람들이 한둘은 있게 마련이었다.

그 뒤 이학식당은 박물관 사거리에서 본래의 자리로 옮겨 가고, 금강교 옆 미나리꽝 메운 자리에 '새이학'(간판 이름은 '새이학가든')이란 분점을 냈다. 나는 본래의 이학식당을 좋아하는 올드맨이지만 새 이학을 더 자주 찾는 사람 가운데 하나다. 우선 식당의 위치가 금강 을 정통으로 바라볼 수 있는 자리라서 좋다. 외지에서 찾아온 문인 이 있다거나 인터뷰할 기자가 찾아오면 서슴없이 새이학으로 안내 하여 마주 앉곤 한다. 2층 방이 더욱 좋다. 통유리로 된 창으로 보 이는 금강 풍경이 너무도 좋다. 금강 물! 그냥 그대로 흘러 내 가슴 속으로 스며들 것만 같다. 더 멀리 건너다보이는 정안 들, 그리고 그 위로 스쳐 지나가는 산줄기가 차령산맥의 본류란 것은 아는 사 람만 알고 모르는 사람은 몰라도 좋다.

새이학의 내부 분위기가 또한 좋다. 식당이라기보다는 갤러리에 들른 느낌이다. 주인 김혜식 씨가 그렇게 꾸민 것이다. 김혜식 씨는 이학식당 창업주인 고 여사의 막내며느리로 1993년 이곳 새이학식 당을 연 장본인이다. 그녀는 사진작가이면서 글을 쓰는 사람이다. 벽의 공간마다 걸려 있는 사진 작품이 바로 김혜식 씨의 작품이다. 그녀는 매우 열정적인 인물이다. 그동안 '공주 이야기'란 제목으로 두 차례에 걸쳐 사진 전시회를 가진 바 있고, 티베트로 사진 여행을 떠나기도 했으며, 『공산성』이란 사진집을 내기도 했거니와 건양대 학교 외래 교수로도 출강한다.

식당은 위치나 음식 맛도 중요하지만 그 주인이 중요한 위치에

새이학 2층 창문으로는 금강과 정안 들이 있는 그대로 다 보인다.

선다. 주인인 김혜식 씨의 성향이 그러하므로 새이학에는 교직자와 예술인이 많이 드나든다. 대전·충남작가회의나 공주문인협회의 문인, 예총의 회원, 사진작가, 충남교향악단의 단원이 그 주요 고객이다. 물론 나도 이 집의 자리나 음식 맛, 주인이 좋아 단골로 드나드는 사람 가운데 하나이다. 그러기에 나는 이 집에 오랫동안 지니고 있던 오르간을 딸 시집보내는 마음으로 주기도 했고 어설픈 그림과 글씨로 나의 시를 적어 선사하기도 했다.

음식점 이야기를 하면서 음식 이야기를 빼놓을 수 없다. 김혜식 씨에 의하면 이학식당의 따로국밥은 그 재료와 만드는 솜씨에 비결이 있다. 우선 사골을 푹 삶아 우려낸 국물이 생명이다. 그것도 한우의 사골이어야 한다. 그 국물에 공주에서 생산되는 무, 파, 마늘, 고추 등을 양념으로 넣어 국을 만들고 공주 땅에서 나는 쌀로 밥을 짓는다. 원래는 장작불에 지은 밥이어야 한다고 한다. 그래야만 이학표 따로국밥이 된다는 것이다. 빠르게 흐르는 세상, 어찌 매양 그럴 수 있을까마는 처음엔 그러했노라는 말이고 지금도 초지일관하겠다는 뜻을 잊지 않겠노라는 각오로 들린다.

1층은 터진 홀이고 2층은 구획 지어진 여러 개의 방이고 3층은 연회장을 겸한 방이다. 물론 나는 2층의 방들을 좋아한다. 방의 이름들도 오목조목 예쁘다. 금강 쪽을 바라보고 오른쪽에서부터 공산성과 금강교가 한눈에 들어오는 '새들목', 그 다음이 '고마나루', '구절초', '느티나무', 그리고 가장 큰 방의 이름이 '금강' 방이

다. 내가 가장 좋아하는 방은 '고마나루' 방이다. 이 방에는 나의 데
뷔작이기도 한 「대숲 아래서」란 시의 일부를 적은 액자가 걸려 있
다. 나는 이 방에 들어가기만 하면 내 집에라도 온 듯한 안온함을
갖는다. 내가 전화로 예약을 하면 주인도 알아서 이 방을 내주기도
한다.

사진작가 김혜식 씨.

# 거기 바로 거기서 당신

금강이 다른 강물과 많이 달라
굽이굽이 서러운 비단 필 풀어헤친 강물임을 알려면
적어도 공주 금강 변 옛 미나리꽝 둑방길
지금은 새이학식당 그쯤이면 매우 좋겠다
그 집 이층 방 넓은 유리창 자리라면
더욱 좋겠다

자갈밭이며 갈대밭을 손톱으로
할퀴면서 흐르는 강물이 아니라
부드러운 모래밭을 혓바닥으로 찰방찰방
핥으면서 흐르는 강물이다
겉으로 결코 소리하지 않지만
안으로 더욱 뜨거워지고 깊어지는 강물이다

거기 바로 거기서 당신
하늘에 두둥실 흰구름을 만난다거나
강물 가에 백로 쫓고 있는 강아지라도
한 마리 만나게 된다면
당신의 인생도 그만큼 고즈넉해지고 향기로워졌음을
알게 되는 순간일 터이다.

# 무언가 그리운 것이 있을 때

## 경북식당

가게 가운데 음식 가게처럼 변화무쌍하고 무상한 것이 없다. 생겨나기도 쉽고 없어지기도 쉽다. 오래 가지 않는다. 몇십 년을 내리 그 자리에서 영업을 하면서 변함없는 음식 품목으로 같은 주인이 집을 지키는 경우가 아주 드물다. 가물에 콩 나듯 그런 집을 만나면 얼마나 반가운지 모르겠다. 마치 오래된 친구를 만난 듯하다.

공주의 묵은 시장, 그러니까 구시장 안에 있는 경북식당이 바로 그런 집이다. 장소나 음식 품목, 주인이 전혀 바뀌지 않았다. 내부 또한 손을 보지 않고 그대로 쓰고 있어 고향집에 들른 듯한 분위기다. 음식 맛 또한 예전이나 지금이나 변함이 없다. 여간 고마운 일이 아니다.

내가 공주에 와서 자리를 잡고 살아온 게 30년인데 그때나 지금이나 똑같은 집이 경북식당이다. 물론 세월이 변했으므로 주인도 나이를 더해 젊은 얼굴에서 나이 든 얼굴로 바뀐 것은 어쩔 수 없는 일이다. 이 집 주인은 내가 담임을 했던 학생의 큰이모이다. 그런 사정을 알기에 처음부터 나에겐 친절했고 어떻게든 잘해 주려고 애쓰는 눈치였다.

하기야 어떤 손님이라고 따로 후대하고 박대할 주인이 아니다. 누구나 찾아오는 손님에겐 살갑고 따스하게 대해 주는 아낙이다. 말수가 별로 없는 편이라 필요한 말만 몇 마디 줄여서 한다. 대신 얼굴 가득 잔잔한 미소를 머금는다. 언제나 그렇다. 평화로운 얼굴과 잔잔한 미소가 그이의 제2의 언어인 셈이다.

더러 잔술을 마시러 오는 이에게도 푸대접을 하지 않는다. 컵 하나에 소주 한 잔을 따르고 고기 몇 점에 천 원을 받는가 보다. 앉아

말없이 순대국밥 마는 일로 수십 년을 보낸 경북식당의 주인.

서 긴 시간 쓸데없는 소리, 객쩍은 소리를 지껄여 대도 들은 둥 만 둥 지나쳐 버린다. 하다가 때가 되면 말겠지 하는 심사인 듯했다.

우리 집 아이들이 어렸을 때 아이들을 데리고 이 집에 자주 드나들었다. 이 집의 음식은 모두가 순대 한 가지로 만드는 것들이다. 순대안주, 순대국밥, 순대국수. 우리 아이들은 순대안주를 좋아했다. 순대안주를 한 접시 시켜 놓고 어린 두 아이와 함께 등받이 없는 동그란 의자에 앉아서 이런저런 이야기를 주고받던 시절도 있었다.

우리 아이들은 지금도 경북식당의 순대가 세상에서 제일로 맛있는 순대라고 말한다. 인이 박여서 그럴까? 아니다. 정말로 경북식당의 순대 맛이 탁월해서 그런 것이다. 아니다. 옛날 그대로 변하지 않아서 그런 것이다. 재료와 만드는 방법부터가 다르다. 절대로 허튼 물건을 쓰지 않고 오래전부터 해 오던 방식을 그대로 따른다. 누구든 와서 한번 먹어 보면 알 것이다. 음식은 정직하니까.

나는 지금도 무언가 그리운 마음일 때, 그리운 것을 만나고 싶을 때면 문득 경북식당을 찾아간다. 언제나 변함없는 모든 것들이 좋아서이다. 그러나 주인은 자주 찾아가도 그 얼굴이고 한참 만에 찾아가도 그 표정 그대로이다. 역시 변한 것이 없다. 다만 얼굴에 희미한 웃음기가 살짝 물결쳐 스쳐 가는 것을 놓쳐서는 안 된다. 당신도 반갑다는 마음의 한 표식이리라. 이것이야말로 충청도 사람, 특히 공주 사람들의 전형적인 웃음의 원형이다.

# 공주가 다 환해진 느낌

## 청양식당

날마다 집에서 삼시 세 끼 밥을 먹다가 별식이 먹고 싶은 날이 있다. 김치부침이나 라면 같은 음식도 있지만 내가 좋아하는 음식은 잔치국수다. 잔치국수는 먹기가 퍽 수월한 음식이다. 부드럽고 순하다. 하지만 조리하기는 복잡한 음식이다. 그런 날 내가 불쑥 자전거를 타고 찾는 집이 있다. 가끔은 아내와 함께 들르기도 한다. 시장을 같이 보거나 산성공원을 한 바퀴 돌아 집으로 돌아올 때이다.

청양분식. 간판의 이름이다. 그러나 아내와 나는 청양식당, 청양국수집이라고 부른다. '청양'이란 이름이 참 좋다. 어감이 신선하고 깔끔한 느낌을 준다. 청양분식은 공주의 구시장 한가운데에 있다. 초행인 사람은 여러 차례 물어야만 찾아갈 집이다. 아주 조그만 식당이다. 간판에 '잔치국수 전문'이라고 쓰여 있다. 단일 품목, 잔치국수 한 가지다.

그런데도 손님이 끊이질 않는다. 위치가 먹자골목이므로 이웃에

청양식당의 젊은 두 아낙.

보리밥집, 해장국집, 소머리국밥집 같은 음식점이 있지만 골목길로 들어서는 발길은 오직 이 집으로만 들어간다. 마치 블랙홀 같다. 자주 다니다 보면 이웃 음식점 주인에게 미안한 마음이 들 정도다. 이렇게 손님이 줄을 잇는 건 뭔가 특별한 것이 있기 때문일 것이다. 서비스가 좋다든지 음식점의 위치가 좋다든지……

그러나 이 집에 손님이 많은 것은 오로지 음식 맛 때문이다. 그 어디에서도 먹어 보지 못한 잔치국수를 먹게 해 준다. 맛이 시원하고 깔끔하다. 참으로 간사하면서도 변덕이 심한 것이 사람의 입맛이다. 아무리 형식이 그럴듯해도 내용(맛)이 좋지 않으면 내치는 것이 음식이다. 그런데 이 집의 잔치국수 맛은 뭔가 특별한 구석이 있다.

조리 방법이 다르다. 재료도 다르고 음식 만드는 과정도 다르다. 이 집의 국수 맛을 좌우하는 건 국물이다. 커다란 솥에 멸치와 대파를 충분히 넣고 오랫동안 끓여 국물을 만든다. 국수를 삶는 것도 다르다. 다른 집 같으면 한꺼번에 국수를 삶아 광주리에 담아 두었다가 필요한 만큼 국물에 말아 주지만 이 집에서는 손님이 와서 음식을 주문하면 비로소 주문한 만큼의 마른국수를 끓는 물에 넣어 삶는다. 국수도 특별히 면발이 가늘고 찰진 것을 사용한다. 국수 맛이 남다를 수밖에 없다.

세상에는 아무것도 거저 되는 것이 없고 공짜도 없는 법이다. 무릇 인기 있는 물건이나 성공한 사람에겐 그 나름대로 특별한 사연이 있고 숨은 노력이 있게 마련이다. 청양식당의 국수 맛이 바로 그러하다. 본래 주인은 노부부였던 것 같은데 요즘은 아들 내외가 국수집을 맡아서 운영하고 있다. 며느리를 도와서 함께 일하는 젊은 아낙은 그녀의 올케이다. 두 사람 모두 상냥하고 친절하고 명랑하다. 얼굴만 보고 말소리만 듣고도 기분이 좋아진다. 금상첨화다. 요즘 밀가루 값이 올라 잔치국수 값 2천5백 원 가지고는 손해 아니냐고 물으면, 그래도 2천5백 원을 받아야 하지 않겠느냐고 환하게 웃으며 대답한다.

청양식당에 가서 잔치국수 한 그릇을 국물까지 훌훌 소리 나게 먹고 나서 구두를 다시 신고 국수 값을 내면서 기분이 한결 좋아진 것을 깨닫는다. 흐린 마음의 날씨가 맑은 날씨로 바뀌는 것이다. 공주의 시장거리, 우중충한 낡은 골목길 어디쯤에 이런 음식점이 숨어 있다는 건 기분 좋은 일이다. 삶의 한 위로가 되는 일이다. 공주가 다 환해지는 느낌이다.

# 황매화꽃 필 때 다시 오리다

## 갑사 수정식당

    오늘 대전에서 김찬 교수네 가족이 나를 찾아온다고 했다. 김찬 교수는 오래전부터 알고 지내는 사이요, 내가 그의 누나 초등학교 때 선생이었으므로 그것을 인연 삼아 나를 은사라고 부르는 사이다. 지난해 내가 많이 앓았을 때 앞장서서 나를 도와주어 나로 하여금 살아나도록 해 준 사람 가운데 하나이다. 을지의과대학 교수로 있는데 2년 동안 안식년을 갖고 아이들과 함께 미국으로 공부하러 간다 해서 인사차 오는 길이다.

    나는 대뜸 갑사 아래 중장리의 수정식당을 떠올리고 거기서 만나자고 약속을 잡았다. 끼니때도 되었으니 점심 식사는 물론 갑사가 가까우니 함께 산사 풍경을 즐기는 것 또한 안성맞춤이겠다 싶어서다. 이렇게 외지에서 귀한 방문객이 올 때 함께 식사도 하고 느긋하게 담소도 할 만한 집이 있어 참으로 고맙고 다행스럽다.

    수정식당을 가려면 우선 공주에서 대전 방향으로 금강을 거슬러 잠시 차를 몰다가 소학동 삼거리에서 대전 가는 길을 잽싸게 버리고 논산 가는 길로 우회전을 해야 한다. 잠시 옛 도로를 가다가 새로 뚫린 논산행 고속도로 스타일의 도로로 올라 10분 정도 달린다. 언뜻언뜻 좌측으로 보이는 산경 사이 계룡산 높은 봉우리가 들락거린다 싶을 때 계룡면 쪽으로 내려 갑사 가는 길을 찾아야 한다.

갑사 가는 길은 계룡면 소재지(유평리)를 빠져나가다가 그 끝자락, 계룡초등학교 정문 바로 앞쪽에 숨어 있다. 자칫 한눈을 팔면 스쳐 지나가기 십상인 길이다. 거기서 직각으로 좌회전해 조금만 달리면 계룡저수지가 나온다. 계룡저수지 길을 반 바퀴 정도 돌아 다시 직각으로 좌회전하면 몸과 마음이 스르르 빨려 들어가듯 계룡산을 보게 되고 중장리 마을을 지나게 되고 수정식당이 낯선 나그네를 맞아 주도록 되어 있다.

문제는, 아니 특별한 점은 밖에서 중장리 마을이 보이지 않는다는 점이다. 봉우리가 높으니 일단 계룡산은 밖에서 충분히 보인다. 그러나 그 아래 상당히 드넓은 공간이 열리고 거기 낙토 같은 한 마을이 펼쳐져 있는데도 밖에서는 안쪽이 보이지 않도록 되어 있다. 말하자면 중장리는 숨어 있는 마을이다. 계룡산의 산봉우리 한 자락이 평지로 흘러 내려와 계룡저수지 입구 쪽을 자물쇠처럼 봉해 버린 탓이다. 나는 계룡저수지 쯤에 이를 때마다 숨겨진 이상 세계와 자연의 신비 같은 것을 느낀다. 사견私見이지만 중장리야말로 길지吉地 가운데 길지이다. 중장리는 계룡산이 품고 있는 가장 아늑하고 평화로운 공간, 계룡산의 자궁과 같은 곳이 아닐까.

중장리로 들어와 조금 더 깊이 계룡산 방향으로 들어가면 거기에 수정식당이 앉아 있다. 이 지역 역시 중장리처럼 밖에서 보이지 않도록 입구가 닫혀 있다는 점이 특별하다. 이중의 자물쇠가 채워진 셈인데 나지막한 언덕으로 밖에서 보이지 않도록 되어 있다. 그래서 수정식당이 위치한 지역은 자궁 속의 또 조그만 자궁에 해당되는 곳이다.

수정식당은 음식점이므로 식사를 하러 간다. 그러나 나는 그 위에 음식보다 더 중요한 요인이 있다고 생각한다. 사람이다. 수정식당에 있는 사람을 만나러 간다. 그 사람이 바로 수정식당 주인인 김태순 여사다. 김 여사는 우리 집 딸아이의 친구의 어머니이기도 하다. 김 여사는 식당을 운영하면서 공주문화원 이사, 사진작가, 지역 신문 칼럼 기고가로 활동하고 있는 지역의 문화계 인사다. 거기다가 전국 산촌미락회 회장을 6년이나 역임한 경력을 지니고 있다.

우리 가족이 먼저 식당에 도착하고 김 교수네 가족이 한참 뒤에 왔다. 기다리는 동안 나는 식당 구석구석을 훑어본다. 으레 이곳에 오면 내가 하는 일이다. 식당의 벽이란 벽은 한 군데 남김없이 무언가가 걸려 있다. 조그만 액자들이다. 그림도 있고 글씨도 있다. 이 액자들은 손님이 드나들며 사인해 준 것을 모아 두었다가 표구해서 게시한 것이다. 둘러보면 제법 그럴듯한 작품을 만나게도 되고 귀한 이름을 보기도 한다. 개울가 돌밭을 뒤져 빼어난 수석을 건져 올

드나드는 손님 가운도 솜씨 좋은 한 분이
그렸다는 수정식당 안주인 김태순 여사의
옆얼굴. 무척이나 닮았다.

렸을 때의 환희 같은 것이다. 가끔은 특별한 그림도 있지만 가슴에
와 닿는 짧은 문구도 있다.

　더러는 글을 쓴 이의 사인이나 이니셜이나 성이 들어 있기도 하
지만 '2004년 초하루'와 같이 날짜만 무심한 듯 적힌 것도 보인다.
김 여사의 말에 의하면 사인한 사람 가운데는 공주나 충청 지역의
인사는 물론이고 우리나라의 정치계, 종교계, 문화계 유명 인사에
한학자도 있다고 한다. 그 밖에 특별한 인물들의 것도 많은데 내 눈
을 붙잡고 놓아주지 않는 것은 성덕 바우만과 그에게 골수를 기증
해 준 김한국 씨가 함께 사인한 필적이다. 김한국의 고향이 계룡면
이라 성덕 바우만이 고국 방문 길에 찾아와 식사를 함께했던 곳이

이 집이었던가 보다. 전시해 놓은 사인첩 가운데에는 졸필이지만 내가 쓴 것도 있다. '어머니의 산 계룡산/ 어머니의 마음 수정식 당'. 어느 날인가 그날도 외지에서 온 손님을 모시고 왔다가 김 여사가 내미는 지필묵을 거절하지 못해 거나한 기분으로 어지러운 글씨를 남겼겠지 싶다.

미리 예약했으므로 우리가 도착하기 전부터 식사 자리가 마련되어 있었다. 큰방의 한가운데 통나무상 가득 음식이 올라와 있다. 참으로 푸짐한 음식이다. 우리나라 음식의 전통은 제사 음식과 잔치 음식이다. 아주 많이 차려 오랜 시간 두고두고 먹는 음식이고 여럿이 나누어 먹는 음식이다. 수정식당의 음식이 우선 잔치 음식이다. 음식을 먹기 전부터 한 상 잘 차려 대접받았다는 느낌을 받는다. 수정식당의 음식은 마음을 담아서 주는 음식이다. 손님이 먹겠다면 얼마든지 아끼지 않고 가져다준다. 술을 즐기는 손님을 위해서는 술도 두어 옹배기쯤 얹어 준다. 더덕 향기가 물씬 풍기는 이 집 특유의 달착지근한 더덕주이다. 수정식당에서 식사하고 나면 음식값보다 더 많은 음식을 대접받았다는 생각이 든다. 그래서 돌아와 다시 찾고 싶은 마음을 갖게 된다.

주인이 내세우는 주된 메뉴는 버섯전골과 더덕구이다. 그러나 나는 늘 수정정식을 택한다. 음식이 푸지고 여러 가지 음식을 골고루 맛볼 수 있기 때문이다. 거기다가 수정식당에서 나의 관심을 끄는 음식은 집장이다. 집장은 고추장과 된장의 중간쯤 되는 장인데 아주 특별한 맛이 있다. 특히 수정식당의 집장 맛이 특별하고 좋다. 다른 집의 경우 신맛도 나거나 짠맛이 날 수도 있는데 이 집의 것은 짜지도 않고 신맛이 없는 게 이상할 정도다. 내가 먹어 본 가운데 가장 맛이 좋다. 집장은 우리나라 고유의 음식이다. 그러므로 나는 수정식당의 집장 맛이야말로 대한민국 제일이요, 나아가 세계 제일이라고 농담을 던지곤 한다.

집장은 나뿐만 아니라 아내도 좋아하는 음식이다. 그것만 가지고도 밥 한 그릇쯤 비벼서 다 먹을 수 있겠다고 말할 정도다. 아내는 집장을 '담북장'이라고 부른다. 김 여사는 '징기장' 또는 '징계장'이라고 부른다. 다 같이 시골말이다. 김 여사의 말에 의하면 집장은 만드는 절차와 방법이 독특하다. 된장이나 간장, 고추장처럼 메주가 바탕이 되는데, 집장은 메주를 쑤는 데서부터 다르다. 메주 쑬 때는 그 재료로 콩과 호밀이 기본인데 거기다 보릿겨, 그것도 곱게 만든 보릿겨를 함께 넣고 삶아 메주를 만들어 띄운 다음, 고추장 만드는 것과 비슷한 방법으로 장을 담근다. 그리고 집장에는 풋고추를 통째로 넣어 삭히는 것이 일품이라 한다. 수정식당에서는 해마다 집장을 담그는데 음식상에 올릴 만큼만 담그는 것이 아니라 그보다도 훨씬 많은 양을 담근다. 더러 단골손님 가운데 집장을 좋아할 경우 선물로 나누어 주기 위해서이다. 우리도 해마다 수정식당의 집장을 얻어다 먹는 사람 가운데 하나임은 말할 것도 없다.

배불리 음식을 먹었겠다, 더덕주도 마셨다, 여러 시간 마주 앉아

이야기도 했겠다, 더러는 집장을 선물로 받기도 했겠다, 수정식당을 나설 때는 자연스럽게 고마운 마음과 더불어 미안한 마음에 이르게 된다. 그 누구도 부러울 것 없이 부자가 된 듯한 마음이 되기도 한다. 주인은 또 출입문 밖까지 나와 배웅해 주는 걸 잊지 않는다. 자동차가 출발할 때까지 그 자리에서 서서 미소 띤 얼굴을 거두지 않는다. 이건 음식점 주인이 손님에게 하는 태도가 아니다. 육친이거나 친지끼리의 사귐 그것이다. 누구라도 수정식당에 한 번 갔다 오면 잘 대접받았다, 미안하다, 고맙다, 다시 오겠다 하는 생각을 갖게 한다. 이것이 바로 사람들로 하여금 자꾸만 수정식당을 찾게 하는 이유이다.

수정식당이야말로 음식으로 성공했을 뿐더러 인간관계로 성공한 경우이다. 이런 때 김태순 여사가 가장 고마운 손님이라 말하는 지상학 작가가 남긴 말이 하나의 울림으로 남는다. '산은 깊고/ 마음은 늘 더 깊소/ 늘 미안하오.' 1985년 3월에 식당을 열었다니까 올해로 23년이 되는 연치이다. 그런데 김 여사는 이제야 식당을 해 볼 만하다고, 하는 일이 즐겁다고 고백한다. 김태순 여사야말로 일을 일로 생각하지 않고 즐거움으로 생각하는 사람이다. 자동차에 오르면서 나는 여전히 웃고 있는 주인에게 인사를 건넨다.

"감사 황매화 필 때, 황매화꽃 보러 다시 오겠습니다."

# 언제든 다시 찾고 싶은 집

## 마곡사 태화식당

  마곡사와 그 일대에 들어서기만 하면 느끼는 특별한 감상이 있다. 주의 깊게 스스로의 마음을 다잡고 들여다보지 않으면 놓치기 쉬운 환상 같은 것이다. 어딘가 세상 끝까지 왔다는 느낌, 절벽 앞에 다다랐다는 느낌, 막혀 버렸다는 느낌이 그것이다. 그만 몸과 마음을 내려놓고 주저앉고 싶다는 생각이 그것이다. 운암리雲巖里라 했던가. 구름과 바위. 그 너머에는 분명 낭떠러지가 있을 것만 같고, 그 이상은 아무것도 없을 것만 같다. 그러면서도 오히려 편안한 느낌이 들고 해방감마저 찾아오는 건 왜일까?

  그다지 높지도 않은 산이다. 마곡사를 가슴 복판에 품어 안고 몇 개의 암자(상원암, 은적암, 영은암, 백련암)를 등에 지고 있는 산, 태화산泰華山. 남성적이기보다는 여성적인 산이다. 그 등줄기로 한 시간 거리 남짓한 등산로도 나 있다. 돌아서 내려올 때면 약간은 피곤한 다리와 허기 진 배가 음식점을 찾게 한다.

어디였더라? 이름이 무엇이었더라? 오래전 마곡사와 같은 면에 위치한 호계초등학교에서 평교사로 근무했다. 그 시절 가끔 찾아가던 집이 있었다. 태화산 이름을 따서 태화식당. 주인 아낙이 곱고 살가웠다. 주인 아낙네에게 학교에 다니는 자녀가 있어서 학교 선생님들에게 잘해 주었다. 당신네 학교 선생도 아닌데 나한테까지도 학교 선생님이란 이유만으로 무척이나 정스럽게 대해 주었다.

옛날과 달라 사찰 주변이 정리되고 바뀌어 산속에 들어 있던 음식점들이 모두 산 아래쪽으로 내려와 있었다. 두리번거릴 때 낯익은 간판이 하나 눈에 들어왔다. 태화식당. 그래 저 집일 거야. 옛날

20년 만에 만났는데도 대뜸 얼굴을 알아보아 준 태화식당 안주인 윤순옥 씨.

의 아낙이 아직도 주인일까. 나의 발길은 끌리듯 천천히 그 집으로 향한다. 소나무 몇 그루와 여러 가지 화초들로 치장한 음식점 문간, 커다란 번철燔鐵 앞에서 빨간 옷의 아낙이 전을 부치고 있다. 음식 만드는 일도 하거니와 지나는 손님을 불러들이는 수단이기도 하 리라.

"안녕하세요? 이 집이 옛날 그 태화식당인가요?"

"네, 맞아요."

"그럼, 그 전에 저 위쪽 버스 정류소 바로 위, 농협 출장소 앞에 있던 그 태화식당인가요?"

"네, 그런데요."

나는 아슴아슴 빨간 옷을 입은 중년 아낙네의 얼굴에서 옛날의 모습을 찾아보려고 애쓴다.

"아, 선생님 아니신가요? 전에 저의 집에 자주 오셨었지요."

"그렇군요, 저를 다 알아보시는군요."

나는 대번에 가슴이 환해진다. 뜻하지 않게 누군가 낯선 곳에서 나를 알아보아 주는 사람이 있다는 것은 참 좋은 일이다.

"아주머니는 하나도 안 늙으셨군요. 옛날 모습 그대로예요."

"선생님도 원. 선생님도 변하지 않았는데요."

"웬걸요, 이젠 나이를 먹어 몸이 아프기도 하고 많이 늙기도 했지 요. 벌써 정년 퇴임을 했는걸요."

주인은 자기네 집의 주된 메뉴로 산채정식이 있고 더덕정식이 좋다고 하고 올갱이국(다슬기된장국)도 권하지만 나는 그냥 산채비빔밥을 청한다. 옛날에 와서 자주 먹던 버릇이 남아서이다. 음식이 나와서 먹어 보니 역시 옛날 맛 그대로였다. 집의 위치는 바뀌었지만 사람도 옛날 사람이고 음식 맛도 변하지 않았으니 이 얼마나 좋은 일인가! 그날 나는 음식을 먹고 잠시 주인 아낙과 이야기를 나누다가 시간버스를 타고 공주로 돌아왔다.

40여 년 전에 친정어머니를 도와 음식점을 열었는데 지금은 친정어머니가 세상 뜨신 지 오래고, 아들과 며느리가 음식점 일을 돕는다 했다. 언젠가는 아들 며느리에게 음식점을 물려줄 거라고도 했다. 그렇게 되면 3대에 걸쳐 음식점 일이 이어지는 것이리라.

# 5

멀리서도 보이는 풍경

# 과거로의 시간 여행

## 공산성 한 바퀴

### 들어가면서

오늘은 맘먹고 공산성에 한번 가 보기로 했다. 아니, 공산성을 한 바퀴 돌아보기로 했다. 공주 사람 가운데 어떤 이는 하루에 한 번씩 공산성을 한 바퀴 돈다는데 나는 아직껏 한 번도 그래 보지 못했다. 구간 구간을 끊어서 돌았을 뿐이다.

공산성은 공주 사람에겐 아주 중요한 의미를 지닌 공간이다. 공주 사람의 자연과 역사와 문화와 생활이 더불어 숨 쉬는 공간이다. 내 집 뜨락 같기도 하고 뒷동산 같기도 하고 놀이터 같기도 한 곳이 바로 공산성이다. 공주 사람치고 어려서부터 공산성을 오르지 않고 자란 사람은 없을 것이다. 공산성이야말로 공주 사람에겐 추억의 장소요, 현재 진행형으로 살아 움직이는 가장 정다운 장소이다. 그가 공주를 떠난 사람이라면 향수의 한복판에 공산성이 자리하고 있을 것이 분명하다.

공산성은 백제의 웅진 도읍기 왕성(王城)이 있던 곳이다(임류각지臨流閣址나 추정왕궁지推定 王宮址 유적이 이를 뒷받침해 준다). 통일 신라 시대에는 이 지역을 다스리는 관청이 있었고, 조선 시대에는 쌍수산성(雙樹山城)이라 불렸으며 군사 시설(중군영지中軍營地)이 있던 행정적·군사적으로 중요한 장소였다. 사적 제12호. 금강의 남안 분지형 산지에 포곡형(包谷形)으로 조성된 성터. 둘레가 2,660m이며(1978년 계측 결과) 직경은 동서로 800m, 남북으로 400m. 본래는 토성이었으나 조선 시대에 석성으로 개축되었다.

대개 외지인은 공산성의 서문인 금서루(錦西樓) 방향으로 공산성에 접근하는데 공주의 구시가 쪽 사람들은 남문을 통하여 공산성에 오른다. 아파트와 주택, 상점과 음식점 거리를 비집고 시장통의 소란을 잠시 뒤로하고 조붓한 돌계단을 더듬어 올라가면 바로 이마 위에 문루 하나가 떡 버티고 나선다. 진남루(鎭南樓)다. 공산성을 가로질러 북문인 공북루로 연결되는 문으로 1933년 금강철교(금강대교)가 놓이기 전까지는 배다리를 타러 가는 유일한 통로였다.

## 진남루에서 동문루까지

진남루에서 곧장 올라가면 공산성의 여러 곳을 둘러볼 수 있다. 그러나 우회전하여 상당히 가파른 성곽 길을 오른다. 오가는 사람들을 위해 나무로 발판을 해 놓았지만 여간 힘들지 않다. 하지만 오르막길은 그리 오래 계속되지 않고 이내 내리막길로 바뀐다. 공산

진남루. 공산성 남쪽 대문. 예로부터 공산성으로 드나드는 대문 역할을 했다. 우거진 수풀 사이 우뚝 서 있는 의연함이 시골집 당숙어른만큼이나 미덥고 반갑다. (사진작가 김혜식 씨 사진)

성이 골짜기와 등성이를 두루 감싸고 있는 포곡성이란 것을 쉽게 이해하게 된다. 왼쪽 수풀에는 철책으로 구획 지운 네모난 공간이 여러 군데 보인다. 백제 시대의 유적(임류각지)을 발굴해 놓은 자리다.

## 동문루에서 광복루까지

몇 차례 두리번거리는 사이 발길은 저절로 동문루東門樓에 닿는다. 동문루는 공산성 동쪽의 문이다. 그러나 이 동문루는 그다지 근거가 깊지 않다. 조선 철종 10년(1859년)의 기록(공산지公山誌)에 의거, 1980년에 복원한 것으로 되어 있다. 비지정 문화재이지만 문루의 아래쪽에 있는 대갓집 대문 같은 두 짝의 고리 달린 문이 고풍스럽다. 동문루에서 내려와 시내 쪽으로 가지 않고 다시 산성을 오른다.

동문루. 공산성의 동쪽 대문. 비교적 사람의 발길이 뜸한 곳이지만 그 위에 있는 토성에
올라서면 멀리 산들이 굼실굼실 물결쳐 다가오는 걸 볼 수 있다.
(사진작가 김혜식 씨 사진)

여기서부터는 토성으로 되어 있다. 길이 467m. 타원형으로 돌아
광복루光復樓까지 이어지는데, 토성 위에서 바라보는 경치가 좋다.
공주 시내가 내 집 뜰처럼 환히 들여다보인다. 맑은 날에는 청양·
예산 쪽의 산과 들이 건너다보이기도 한다.

## 광복루에서 영은사까지

　발길은 산성 위에 두지만 마음은 공산성 내부의 어느 곳에 둘 필
요가 있다. 공산성을 도는 사람은 줄에 매달린 추처럼 원심력과 구
심력의 적당한 긴장감을 가지는 게 좋다. 토성이 끝나는 부분에 왼
쪽으로 광복루가 가깝게 보인다. 광복루는 공산성의 가장 높은 곳
에 있는 문루다. 본래는 북문인 공북루 옆에 있던 군사 시설인데 일

제 강점기 초에 일본이 이곳에 옮기고 해상루海爽樓였던 이름을 웅심각雄心閣이라 바꿨다. 1946년 4월 27일, 김구金九 선생과 이시영李始榮 선생이 공주를 방문한 길에 이곳에 와, 나라 찾은 것을 기념하여 광복루라 이름을 고치자 하여 오늘에 이른다.

1962년쯤이었을 것이다. 내가 고등학교 3학년일 때 이곳에서 영화를 찍은 일이 있다. 최무룡과 김지미를 주연으로 하여 홍성기 감독이 만든 「춘향전」이었다. 김진규와 최은희를 주연으로 하여 남원에서 찍고 있는 「춘향전」에 맞서서 만드는 영화라 했다. 공주 시내 고등학교 학생들이 최무룡과 김지미가 영화 찍는 것을 보기 위해 죄다 공산성으로 몰리고 있었다. 그러나 나는 공산성으로 가지 않았다. 배우들이 영화 찍는 걸 보러 가는 일이 잔망스러운 일 같아서였다. 다녀온 학생들의 말에 의하면 남원의 광한루 대용으로 광복루 난간에 최무룡이 이 도령이 되어 서 있고, 그 아래 키 큰 나무에 그넷줄을 매고 김지미가 그네를 타고 있더라고 했다.

광복루에서부터 한동안 부드러운 내리막길이다. 왼쪽으로 보이는 높은 건물은 복원한 임류각臨流閣이고 조그만 것은 명국삼장비明國三將碑가 들어 있는 건물이다. 임류각은 백제 동성왕東城王이 짓고 연회를 즐겼다는 화려한 누각인데 그로 인하여 목숨을 잃는 비극의 계기가 되었다 한다. 명국삼장비는 임진왜란 때 우리나라를 도와준 명나라 세 장수의 이름을 새겨 세운 사은 공덕비인데, 일제 강점기 공주읍사무소 뒤뜰에 묻혀 있던 걸 캐다가 이 자리에 세운 것이라 한다. 이래저래 복잡한 역사적 내력이 숨어 있지만 이 장소까지 오면 아무리 번잡煩雜을 안고 사는 사람이라도 공산성이 그럴 수 없이 고즈넉한 곳이란 것을 저절로 깨닫게 된다. 여러 사람과 더불어 와서도 호젓함을 느끼게 되는 지점이 여기 어디쯤이다.

동쪽 성벽을 타고 가다가 금강을 만나 꺾어진 부분이 공산성에서 또한 전망이 좋은 곳이다. 그래 그런지 거기 몇 개의 의자가 마련되어 있다. 의자에 앉으면 수풀 사이로 금강물이 두루 잘 보이고 신관 쪽 공주도 잘 보인다. 인생도 더러는 쉬어 가는 세월이 있는 것처럼 공산성을 돌면서 쉬어 갈 만한 구간이다. 그곳을 벗어나 계속해서 가면 급전직하, 내리막길이 나온다. 공산성 한 바퀴에서 가장 힘든 코스다. 성곽을 따라 오가기가 힘들어 성곽 안쪽으로 길을 꺾어 지그재그로 따로 만들어 놓았다.

길을 내려오다가 마주 오는 몇 사람을 보았다. 첫 번째는 손자와 할아버지 일행. 초등학교 2학년쯤 되었을까. 손자는 뛰어가듯 계단을 올라가는데 할아버지는 몇 번이고 숨을 몰아쉬면서 뒤따르고 있었다. 그 다음은 딸아이와 함께 오는 아버지. 허리를 굽혀 풀꽃을 보고 있었다. 새하얀 꽃을 보고 산제비꽃이 아니냐고 물었다. 나는 별꽃일 거라고 대답해 주었다. 그는 그 옆에 있는 또 다른 풀꽃을 가리키며 물었다. 모른다고 했더니 아마도 광대수염일 거라고 대답했다. 우리는 일면식도 없으면서 오직 풀꽃에 대한 관심 하나로 잠시 발길을 멈추고 정다운 시간을 나누다가 헤어졌다.

## 영은사에서 공북루까지

계단을 내려가면 영은사靈隱寺 경내이다. 영은사는 조선 시대 승병을 관리하던 절이라 한다. 승병장 영규靈圭대사가 이곳에서 승병을 훈련시켰다는 기록이 있다. 부근에서 통일 신라 시대의 불상이 출토되어 백제 시대부터 있었던 절이라는 주장도 있지만 분명치 않다. 어여쁜 관음보살을 모신 원통보전圓通寶殿이 있어 보러 가는 길에 요사채(스님들이 기거하는 공간) 마루에 앉아 있는 스님과 이야기를 나누었다. 스님은 공산성의 개발에 대해 여러 가지 생각을 말해 주었다. 외부 관광객을 유치하기 위해 금강 건너 둔치에서 공산성 쪽으로 사람만 다니는 다리를 놓아야 한다고 했다. 실현 가능성은 접어 두더라도 탁월한 생각으로 들렸다. 공산성에 잡목이 너무 많아 수목 관리를 해 주어야 한다고도 했다. 멀리서 보는 사람이 아니라 공산성 안에 사는 사람 입장에서는 그도 그렇겠다 싶었다.

스님과 헤어져 절 마당에 서 있는 잘생긴 은행나무를 지나 암문지暗門址(비상시 성안으로 드나들던 비밀 통로)와 공산성 연지蓮池, 그리고 만하루挽河樓를 잠시 살피고 다시 성곽 길을 올랐다. 스님과 이야기하느라 시간이 꽤 흘러 해가 설핏 기울어 있었다. 성곽 위쪽에서 누에씨를 보관하던 잠종장 보호고를 보았다. 고등학교 때 이곳으로 근로 봉사를 온 적이 있었다. 5·16 군사정변 이듬해였을 것이다. 그때는 이곳을 얼음을 보관해 두던 백제 시대의 석빙고쯤으로 알고 있었다. 다시 알고 보니 일제 강점기에 일본에 의해 만들어진 시설물이었다.

정상 부분에서 내려오는 길은 의외로 가파르지 않고 편안하다. 수풀 사이로 공북루가 가깝게 내려다보인다. 공북루 내리막길에서 꾀꼬리 울음소리를 들었다. 한 마리가 아니라 여러 마리였다. 이 골짜기에서 울면 저 골짜기에서 또 한 마리가 대답해 주고 있었다. 꾀꼬리는 꼭 5월 초순 이맘때 운다. 나뭇잎이 나와 넓게 퍼지면서 반들반들 윤이 날 때. 나뭇잎이 햇빛을 받아 반짝이기도 하고 바람에 불려 몸을 뒤치기도 한다. 꾀꼬리 울음도 햇빛을 받아 나뭇잎처럼 반짝인다. 빛깔로 친다면 질탕한 황금빛. 아니다. 새로 나온 나뭇잎처럼 연초록빛이다. 나는 아예 발길을 멈추고 그 자리에 주저앉아 꾀꼬리 울음소리를 듣기로 한다.

## 공북루에서 금서루까지

꾀꼬리 울음소리에 한눈을 팔다가 다시 발길을 옮겨 공북루로 향한다. 공북루는 공산성의 북문으로 금강을 가장 가까이에서 볼 수 있는 곳이고 금강철교며 금강 물 한가운데 옛날 배다리가 놓였던 흔적을 볼 수 있는 위치다. 날도 기울고 오늘은 이만큼에서 돌아가고 싶었는데 그럴 수가 없게 되었다. 성안 마을 문화 유적 발굴 관계로 길이 막혔다. 하는 수 없이 공북루에서 전망대가 있는 성곽을 올랐다. 이 코스 또한 여간 힘든 코스가 아니다. 거리는 짧지만 몹시 가파르다. 잠시 전망대에 올라 금강 물을 바라보다가 이내 금서루 쪽으로 내려간다.

금서루는 공산성 서문이다. 그 아래로 관광버스를 대는 주차장이 있고 비석거리가 있다. 비석거리에는 수없이 많은 비석들이 도열해 있다. 공주 시내에 산재해 있던 것들을 이 자리에 모아 놓았다. 공주가 오랫동안 충청도 감영監營의 도시, 도청 소재지였기 때문에 다양한 벼슬아치의 비석들이 모여 있다. 그 가운데에는 친일 인사들의 비석도 있고, 더러는 청백리清白吏로 알려진 인물(관찰사 심의신沈宜臣)의 비석도 있고, 가장 오래된 목사牧使 김효성金孝誠의 비도 있고, 제민천교명濟民川橋銘비와 제민천영세불망비도 있다.

금서루에서는 주말이나 공휴일에 수문병 교대식이 열린다. 수문병 교대식은 백제 시대에 공산성을 지키던 병졸들의 근무 교대를 재현하는 것인데, 당시 공주시청 문화관광과 직원이었던 이걸재 씨가 기획·연출을 맡아 1999년부터 실시해 오고 있다. 공산성 지역에서 외부로 가장 많이 개방된 지역이 이 금서루 영역이며 수문병 교대식이 공산성에서 가장 많이 알려진 관광 상품이다. 이걸 보기 위해 멀리서 일부러 찾아오는 사람도 있다고 한다. 2001년부터는 계룡문화회란 단체에 넘겨 민영으로 운영되고 있다고 한다.

## 금서루에서 진남루까지

금서루에서 진남루까지 구간은 공주 사람이 가장 좋아하고 많이 오가는 길이다. 아름답기도 이 길이 으뜸이다. 이 길을 따라가다 보면 태극 문양(영어의 S자 모양)으로 휘어진 길을 여러 고비 만날 수 있다. 오른쪽으로 내려다보이는 시가지 모습도 일품이다. 한편은 고즈넉한 산성이요, 또 한쪽은 훤소喧騷 가득한 시정市井 풍경이라! 울산의 정일근 시인이 이곳에 와서 낙안읍성樂安邑城보다 하나도 못하지 않다는 말을 놓고 간 적이 있다. 지난해 병원에서 나와서도 나는 아내와 함께 이 길을 여러 차례 걸었다. 마침 깊어 가는 가을철이라 단풍이 들어 가는 나무가 좋았고 조금 더 지나서는 발밑에 밟히는 낙엽이 참으로 좋았다.

금서루에서 진남루까지 이르는 성곽 안쪽에 추정왕궁지가 있고 백제 시대의 왕궁 터 연못이 있고 쌍수정雙樹亭이 있다. 쌍수정은 조선 인조가 잠시 공산성에 와 머물렀던 일을 기념하여 지은 정자이다. 쌍수정 앞에 있는 제법 널찍한 광장은 공주 사람들이 제일 많이 찾아오는 곳이다. 이곳에서 행사도 하고 모임도 갖고 놀이도 한다. 1970년대 말 공주로 이사 와 공주교육대학 부속국민학교 선생을 할 때, 아이들 데리고 1년에 한 번씩 소풍을 온 곳도 이곳이다. 이곳에서 아이들과 함께 수건돌리기도 하고 짝짓기도 하고 외다리 싸움을 하기도 했다.

공주문화원 일로 쌍수정 아래에 있는 쌍수정 사적비를 가까이 본 적이 있다(비에 새겨진 정식 이름은 공주쌍수산성주필사적비公州雙樹山城駐蹕事蹟碑이다). 전각 안에 들어 있는 비를 보여 주기 위해 시청 직원이 직접 나와 자물쇠를 열어 주었다. 이 비는 조선의 인조가 이괄의 난(1624년)

233

을 피하여 10일 동안 공산성에 머물렀던 일을 소상하게 적어 숙종 34년(1708년)에 세웠다. 비문은 인조 때 영의정을 지낸 상촌象村 신흠申欽이 짓고 글씨는 숙종 때 역시 영의정을 지낸 약천藥泉 남구만南九萬이 썼다. 두 사람 모두 알려진 문장가이다. 높이 365cm. 비가 우람했다. 오석烏石인데 겉보기로는 희끄무레했다. 비의 표면에 부석하게 부풀어 오른 부분이 있었다. 살짝 손가락을 대 보았더니 와스스 쏟아지는 것이 있었다. 단단한 오석인데도 풍화 작용에 의해 일부가 부식된 것이다. 돌에 글자를 새길 때는 그 내용이 영원하기를 바라는 마음이었을 것이다. 그러나 돌에 새긴 글자도 세월에 밀려 이렇게 허망하게 부서져 내리고 있지 않은가!

## 나오면서

금서루에서 진남루까지의의 성곽 길은 보수 작업으로 막혀 있어서 성벽 안길을 걸어서 다시 진남루로 돌아왔다. 진남루에서 조금만 내려가면 바로 공주 시가지이다. 건강한 사람이 곧장 공산성 한 바퀴를 돈다면 1시간 남짓일 것을 나는 다리가 실하지 못하고 돌면서 여러 차례 해찰을 부린 탓에 2시간도 넘게 걸린 것 같다.

"화란(弓院)·광정(光程)·모란(毛老院)·공주(公州) 금강(錦江)을 건네 금영(錦營)의 중와하고 … 경천(敬天)의 숙소하고"

— 金思燁 校註 解題, 『春香傳』 부분

고전 소설 「춘향전」에서 이 도령이 역졸들을 호령하여 춘향이를 구하기 위해 남원으로 향하는 노정路程 가운데 공주를 지나가는 대목이다. 거기에 공주의 지명들(화란, 광정, 모란, 경천)이며 '공주'란 이름과 '금강'이 나오고 또 '금영'(조선 시대 충청감영을 이르던 말)이 등장한다. 공주가 서울로 향하는 삼남三南의 길목이었다는 걸 알 수 있다. 이 시절에도 공산성은 지금처럼 이 자리에 서 있었을 것이다. 진남루를 내려오면서 내가 잠시 꿈을 꾸었다는 생각을 한다. 백제나 조선 시대의 그 어떤 과거 시간 속으로 깊숙이 들어갔다가 현재의 시간대로 돌아온 듯한.

# 북쪽을 바라보면 눈물이 난다

공산성 공북루

 공산성은 돌로 된 성벽으로 둘러싸여 있고 그 성벽의 사방으로 네 개의 문이 나 있다. 이렇게 네 개의 문을 만들고 그 중심에 주요 시설을 두는 건 동양의 오행 사상에 뿌리를 두고 있다.

 공산성의 네 문루 가운데 역사적으로나 심정적으로 가장 큰 의미를 지닌 것은 북쪽의 공북루이다. 공북루의 이름을 풀이해 보면 공손히 손을 모으는 마음으로(공拱) 북쪽을 향하여(북北), 세운 누각(루樓)이란 뜻을 담고 있다. 더 욕심을 부린다면 서울 쪽으로 머리를 숙이고 서울을 그리워하는 누각이란 뜻도 된다. 서울이란 곳은 시골 사람에겐 손과 발이 미치지 않는 머나먼 곳이고 아득하기만 한 곳이다. 그래서 고개를 길게 빼거나 까치발을 딛고 바라보아야만 할 꿈의 지역, 미지의 세계이다. 그렇기에 서울은 그립기도 하고 징그럽기도 한 곳이다. 그러나 시골 사람치고 서울을 동경해 보지 않은 사람이 어디에 있겠는가.

공북루는 금강과 마주하고 있다. 앞길은 강물로 막혔는데 강바람이 불어오며 손짓한다. 나더러 어쩌란 말이냐. 강을 건너 저 너머 풍경은 너무나도 잘 건너다보이는데 손이 짧아 닿지 못하고 허공을 맴돈다. 또다시 나더러 어쩌란 말이냐. 공북루에 서 있노라면 까닭 없이 아득해지는 마음이 되고 서러워지게 된다. 왠지 모르게 눈물이 번지면서 가슴이 아릿해지기도 한다. 그것은 강물과 햇빛이 만나서 만들어 내는 마술이었을까. 공북루에 올라서면 강 건너 신시가지 건물들 저 너머가 저승이고 이쪽이 이승인 것만 같은 환각에 빠지기도 한다.

나는 공북루에 대해서 잊을 수 없는 기억을 지니고 있다. 오래전의 일도 아니다. 2년 전(2006년) 여름 여기서 문학 강의를 했던 일이다. 그동안 여러 군데서 학생이나 주부, 교원을 상대로 인생이나 문학, 독서를 주제로 문학 강의를 해 본 경험이 있었지만 그렇게 특별한 문학 강의를 해 본 일은 없다. 학년 초쯤 서울초등문예창작연구회란 데서 강의 교섭이 왔다. 일찍이 강의 제목과 강의 요목要目이 오가고 날짜가 조정되고 그랬을 것이다. 강의 제목을 '그리움의 시학'이라 했다. 강의 날짜는 여름 방학이 끝나갈 즈음인 8월 17일로 잡혔다. 처음엔 서울로 내가 올라가 강의하는 걸로 되어 있었으나 자기네들이 부여 쪽으로 문학 기행을 떠나게 되었으니 부여를 다녀 서울로 올라가는 길에 공주의 적당한 장소에서 내 말을 듣자고 했다.

이승에서 저승을 바라보듯 공북루에 오기만 하면 아뜩한 느낌이 들곤 한다.

　장소를 어디로 했으면 좋을까 고심 끝에 공북루를 떠올리고 그리
로 정했다. 마침 서울 손님들의 저녁 식사가 금강 변의 한 식당으로
예약되었다니 거리도 가깝고 좋겠다는 생각에서였다. 장소를 정해
놓고 보니 강의 장소가 야외여서 과연 내 육성만으로 강의가 제대
로 진행될 수 있을지 걱정되었다. 수강 인원도 적지 않아서 대형 버
스로 두 대나 온다지 않는가. 어쩔 수 없이 나는 공주에서 문화해설

공북루 아래로 난 통로. 이 길로 삼남의 사람들이 서울을 오르내리기도 했을 것이다.

사 일을 보는 조은 여사에게 도움을 청했다. 조은 여사는 평소 가깝게 지내는 친지로 수필을 쓰는 문인이다. 마침 서울 손님들을 안내하여 공주 지역의 문화재 해설을 해 주기로 되어 있다는 걸 알고 있었다. 예정된 시간은 오후 6시. 미리 공북루에 가서 기다렸지만 손님들의 모습은 쉽게 나타나 주지를 않았다. 그날은 무척 더운 날이었다. 하늘까지 잔뜩 찌푸리고 있었다. 조금 있다가 한 남자가 나를 찾아왔다. 시청에서 나왔노라고 했다. 조은 여사로부터 부탁을 받고 확성기 시설을 가져온 시청의 문화관광과 임용택 계장이라 했다. 확성기는 크기는 작지만 성능은 무척 좋은 물건이었다.

약속 시간보다 한발 늦게 서울 손님들이 하나 둘 금서루를 지나 공북루로 찾아들었다. 서울 손님들이 도착하면서 후드득 빗방울이 몇 방울 떨어지고 금강 쪽에서 시원한 바람이 불어오기 시작했다. 강의는 서둘러 시작되었다. 나는 '서울서 오신 손님들이야말로 가을을 몰고 오는 사람들이고 시원한 바람을 불러오게 하는 분들'이라는 말로 입을 열었다. 공산성의 네 개 문루와 서울의 문루, 그리고 인생살이와 비교하여 설명하고 서정주 선생의 시 「국화 옆에서」의 구조를 통해 시의 형식과 인생의 흐름을 이야기했다. 강의 제목이 「그리움의 시학」이었던 만큼 그리움과 기다림에 대해서도 김소월의 시를 소재로 설명하고 나아가 우리 고장 출신 시인인 박용래와 신동엽의 시를 통해서도 설명했다.

나는 우리들이 앉아서 이야기를 듣고 있던 바로 그곳 공북루를 소개하면서 서울에 대한 생각과 느낌에 대해서도 말했다. '공북루는 서울을 향해 공손히 두 손을 모은 누각이다. 공북루에 올라 서울을 생각하면 가슴이 아릿해진다. 이것이 그리움의 실체다.' 대강 이런 이야기를 했을 것이다. 그런 뒤 나는 집에서 가지고 간 멜로디언을 꺼내어 「오빠 생각」이란 동요를 연주했다. 멜로디언은 초등학교 아이들이 사용하는 촌스러운 악기이다. 그러나 내가 촌스러운 인간인 걸 어쩌겠는가. 전주를 하는데 어느새 청중석에서 노랫소리가 흘러나오기 시작했다. 전주를 건너뛰면서 계속 멜로디언을 연주해 나갔다. 노랫소리는 점점 커지더니 합창이 되었다가 다시 목멘 소리가 되어 금강 물 위로 울려 퍼졌다. 넘실넘실 노래는 금강 물결을 타고 북쪽을 향해 서울을 향해 울려 퍼지고 또 울려 퍼졌으리라. 서울. 서울에서 온 사람들. 그들도 그날만은 촌사람이 되고 공주 사람의 마음이 되어 서울을 향하여 한사코 그리운 마음을 주체하지 못했으리라. 비단구두 사 가지고 오마 약속을 두고 서울로 떠나간 뒤 오랫동안 돌아오지 않는 오빠, 그러나 끝내는 말을 타고 돌아올 오빠를 기다리는 어린 소녀의 마음이 되어 보았을 것이다.

이제는 이야기를 끝내야 할 시간. 도착 시간이 늦어졌기에 여름날 긴긴 해도 기울어 공북루 휘어진 추녀 밑으로 어스름이 기웃대고 있었다. 나는 강물 위에 솟아 있는 옛날 배다리 흔적을 소개하고 금강교에 대해서도 이야기해 주었다. 파리의 센 강에 놓인 다리 가운데 퐁네프 다리가 가장 오래된 다리라는데 우리들 눈앞에 보이는 저 다리가 바로 공주의 퐁네프 다리, 금강의 퐁네프 다리라 말해 주었다. 그러면서 오후 7시 15분이 되면 저 다리 위에 불이 켜져서 아주 볼만하다는 설명도 빼놓지 않았다. 다리를 등지고 이런 이야기들을 하고 있는데 청중석에서 갑자기 '와' 하는 함성이 터져 나왔다. 돌아서서 바라보니 아직 불이 켜질 시간이 아닌데 금강교 위에 불이 들어와 있지 않은가! 나중에 알고 보니 시청에서 나온 임용택

계장이 핸드폰으로 불을 밝히는 일을 하는 사람에게 연락하여 내 강의가 끝나기 전에 그렇게 불을 밝히도록 했다는 것이다.

　손님들이 떠나갈 때 다리 위에 켜진 오색 불빛은 다리 아래로 흐르는 강물에도 얼비쳐 치렁치렁 치마를 바람에 날리며 서 있는 여인처럼 보였다. 서울로 돌아갈 시간은 바쁘고 공북루를 떠나기는 아쉬워, 그날 서울 손님들은 짧은 시간을 아껴 불 켜진 공주의 퐁네프 다리 금강교를 배경으로 짧았지만 아름다웠던 시간을 사진기에 담기 바빴다.

# 공주의 퐁네프

## 금강교

강물은 때로 그 가슴을 열어 인간에게 길이 되어 주기도 하지만 땅과 땅으로 이어진 길을 막아서기도 한다. 그래서 강이나 개울이 있으면 다리가 있게 마련이다.

오늘날 공주 지역의 금강 위로는 7개나 되는 다리가 놓여 있다. 그 가운데 3개의 다리(백제큰다리, 금강대교, 공주대교)가 공주 시내로 자동차를 불러들이는 다리이다. 이렇게 많은 다리가 놓이게 된 것은 공주를 중심으로 새로운 길이 뚫리고 최근 20년 이래 폭발적으로 교통량이 증가했기 때문이다. 공주 지역의 다리 가운데 가장 오래된 다리는 금강교이다. 두 번째로 공주교가 놓이기 전인 1980년대 후반까지 반세기도 넘게 금강교는 공주 지역의 금강을 가로지르는 유일한 다리였다. 오로지 그 다리 하나로만 금강을 건너다녔다. 소형차, 대형 버스, 짐차, 중장비 차량이 뒤섞여 다녔고 자전거나 오토바이 같은 이륜차와 걸어가는 사람들까지 끼어서 다녔다. 때로 두

공북루 쪽에서 바라본 금강교와 금강.

대의 버스가 비껴갈라치면 다리 난간에 부닥칠까 봐 조마조마했고, 그럴 때마다 다리의 상판이 출렁출렁 흔들리기도 했다.

　이 같은 금강교는 공주 지역에서 가장 오래된 다리이고 첫 번째 다리이다. 그러므로 나는 가끔 금강교를 '공주의 퐁네프 다리'라 말하기를 좋아한다. 프랑스의 파리 시가지를 동서로 가로지르는 센 강 위에 놓인 32개나 되는 다리 가운데 첫 번째로 놓았다는 퐁네프 다리. 우리에겐 「퐁네프의 연인들」이란 영화로도 소개된 다리이다. 공주의 금강교가 공주 지역의 금강 물 위를 가로지르는 첫 번

구공주 쪽에서 학교 공부를 마치고 신관 쪽으로 걸어가는 학생들.

째 다리라면 공주의 퐁네프가 아니라 할 것도 없는 노릇이다. 금강
교는 공산성과 금강 물과 한 세트로 묶어서 말해야 좋은 이미지이
다. 위치로 보아 그러하고 서로의 어울림이 또한 그러하다. 그들은
지근거리至近距離에 있으면서 서로를 보완하고 간섭하면서 존재한
다. 금강이나 금강교가 가장 그들답게 보이는 자리는 공산성 어디
쯤이다. 공산성 역시 금강이나 금강교를 빼놓고 저 혼자로는 이루
기 어려운 그림이다.

　금강교는 오랜 세월 공주 사람들과 부대끼며 견디어 온 다리다.

너무나 친숙하여 이제는 인격체에 버금가는 다리가 되었다. 그와 동시에 금강교는 공주 사람들에게 비애감을 주는 다리이다. 금강교가 충청남도 도청과 맞바꾸다시피 한 다리라는 점에서 그러하다. 1932년, 조선 총독부는 봉황산 아래 지금의 공주대학교 사범대학 부설중·고등학교 자리에 있던 충청남도 도청을 대전으로 옮기면서 울근불근하는 공주 사람들을 달래기 위한 수단으로 금강교를 놓았다. 그러므로 심지 깊은 공주 사람들은 금강교를 바라보면 곧바로 충청남도 도청을 떠올리게 되고 해묵은 상처를 건드린 양 마음이 아려 온다.

제법 오래 전에 풍문으로 들은 이야기 한 토막은 금강교를 놓은 주체가 일제였다는 점을 다시 한 번 확인시켜 주었다. 공주시장 앞으로 일본의 한 회사로부터 공문 형식의 우편물이 왔다고 한다. 자기네가 금강교를 놓아 준 회사인데 그 다리가 이제 내구 연한이 다 되어 사고의 위험이 있을지 모르니 안전 점검을 하고 사용하는 게 좋겠다는 통보였다. 가소롭고 기분 나쁜 일이지만, 이런 가당찮은 통보가 있을 수 있었던 것은 일본인들이 패망하여 본국으로 쫓겨 가면서까지 다리의 설계도를 챙겨 갔기 때문에 가능했을 일이다.

금강교는 민족 전쟁인 6·25의 상흔을 안고 있는 다리란 점에서도 비애감을 준다. 미군 비행기에 의해 금강교의 철탑 부분이 무너졌다. 다리는 한동안 방치되어 있다가 전쟁이 끝나고 1956년에 이르러서야 서울 노량진에 있는 흥화공작소란 회사에 의해 복구 재건

되었다.

오늘날 금강교의 모습은 많이 변했다. 그 자신 비극성을 딛고 다시 태어난 모습을 자랑하고 있다. 우선 통행로로서의 새로운 변모를 보여 준다. 차량 일방통행 제도를 실시하여 구공주 시내로 들어오는 차량만 다리를 통과시키는데 그것도 소형 차량에 한해서만 그렇게 한다. 또 다리의 삼분의 일을 할애하여 사람들이 오가는 인도로 활용하고 있다. 더불어 다리 위에 조명 시설을 하여 밤이면 빼어난 야경을 자랑하기도 한다. 이래서 금강교는 좋든 싫든 공주의 명물로 거듭났다. 공주를 아는 사람들, 다녀간 사람들의 뇌리에도 가장 진한 이미지로 부각된 공주의 공작물이 금강교일 것이다.

그러나 그보다 더 중요한 것은 금강교 아래로 금강이 흐르고 있다는 점이다. 인간들이 무어라 지껄이든 괘념하지 않고 유유히 흘러가는 금강 물. 금강은 우리에게 어리석음의 울타리로부터 나오라고 속삭여 주는 듯하다.

# 공주에서 가장 나이가 많은 건물

## 여학생 기숙사

　공주 시가지를 거닐면서 가장 그럴듯하면서도 오래 묵은 건축물 하나를 찾아보라면 사람들은 서슴없이 공주 시내의 동편 산등성이에 높이 올라선 붉은색 벽돌의 3층집을 떠올릴 것이다. 이 건물이 지어진 것은 1905년 11월. 공주 시내에서는 가장 오래된 건물로 백 살을 훌쩍 넘긴 나이다.

　건물을 설계하고 지은 사람은 캐나다 출신의 선교사 사史(본명 : R. A. Sharp, 1872~1906). 1904년 봄에 미국 감리교회의 충청 지역 담당 선교사로 파송되어 순회 전도하다가 1905년 공주로 이주하여 갓 결혼한 부인 사애리시史愛理施(본명 : Alice. J. Hammond)와 이 집에서 신혼살림을 차렸다. 이 집은 중국인 기술자를 고용하여 손수 지었다. 그러나 그는 논산 지역으로 전도를 나갔다가 장티푸스에 전염되어 1906년 3월 5일에 사망하였다. 34세의 젊은 나이로 2년 정도 함께 산 부인을 남기고 영명고등학교 뒷산 외국인 묘역의 한 개 무덤으로 남고 말았다.

　내가 이 건물을 처음 본 것은 공부하러 공주에 와서의 일이다. 아직은 6 · 25 전쟁의 흔적이 완전히 가시지 않은 시절이었지만 공주 거리에는 일본식 건축물이 즐비하여 외국의 어느 거리에 온 듯한 착각을 일으킬 정도였다. 우선 우리 공주사범학교의 본관이 그러했고 부속국민학교 본관, 공주중동초등학교, 제일은행, 농협조합, 중동성당, 읍사무소, 공제의원 건물은 물론이거니와 개인 주택이나 기관 단체의 사택도 그랬다. 영명고등학교가 있는 동편 산언덕에도 특별한 건물이 많이 보였는데 그 중에서 사 선교사의 집은 단연 돋보이는 건물이었다.

　사람들은 이 집을 '빨간 벽돌집' 이라 불렀고 더러는 '언덕 위의 빨간 집' 이라고도 불렀다. 당시 이 건물은 우리 학교 여학생들의 기숙사로 사용되고 있었다. 아마도 학교에 기숙사 시설이 없어 영명학원의 재단으로부터 임대하여 사용했던 모양이다. 그런 사정을 모르는 어린 우리들은 그 건물이 우리 학교 것이거니 믿고 있었다. 하숙집 마당에서는 그 건물이 눈부시게 건너다보였다. 저 집에는 누가 살고 있을까? 분명 아름다운 사람들이 살고 있을 거야. 동화적인 상상력을 불러일으키기에 충분했다. 빨간 벽돌집이 있는 산등성이로는 가는 황토색 언덕길이 얹혀 있었다. 오후 시간만 되면 그 가느다란 길로 걸어 올라가는 여학생들의 뒷모습이 보였다.

　한 손에 커다란 가방을 무겁게 든 여학생들. 깊은 바닷물빛 교복

공주 시내에서 가장 오래된 근대 건축물.
멀리서 보면 동화 나라의 성채처럼 보이는 이 집은 나이가 100살이 넘었다.

차림이었을 것이다. 저고리 앞섶엔 눈부시게 새하얀 깃을 달고 있었을 것이다. 두 명에서, 때로는 혼자서. 그들이 우리 학교 여학생들이라 했다. 가을철이면 빨간 벽돌집으로 오르는 언덕길에 코스모스꽃이 피었다. 한두 송이가 아니라 언덕 전체가 코스모스 꽃으로 뒤덮였다. 빨간 벽돌집이 더욱 신비스럽게 보이고 그 집에서 사는 여학생들이 더욱 아름답게 보이는 시간이었다. 어린 우리는 그 코스모스 길을 걸어 올라가는 여학생들의 뒤를 따라 그 집에 가 보고 싶었다. 그러나 마음만 그럴 뿐, 결코 실천할 수 없는 꿈이었다. 그렇게 3년을 보내야만 했다.

30대 중반의 나이가 되어 공주로 다시 와 직장 생활을 할 때 나는 학창 시절의 철없던 궁금증을 풀기 위해 그 여학생 기숙사를 찾아가 본 적이 있었다. 1979년 초봄. 네 살 먹은 아들아이의 손을 이끌고서였다. 모습은 옛날 멀리서 보던 그대로였다. 건물의 문이 열려 있어 안으로 들어가 보았다. 1, 2층엔 방이 세 개씩이고 3층은 전체가 하나의 방이었다. 유리창이 몇 개 깨져 있어서 바람이 세게 불어 안으로 들어오고 있었다. 지대가 높아 윙윙 소리가 났다. 에밀리 브론테의 『폭풍의 언덕』에 나오는 집에 온 듯한 환상이 들기도 했다. 내려오면서 보니 1, 2층의 방마다 출입구 머리에 매, 란, 국, 죽과 같은 글씨가 한자로 쓰여 있었다. 아마도 여학생 기숙사 시절의 방 이름이었던가 싶었다. 옛날의 여학생들을 다시 만난 듯 반가웠다.

내가 이렇게 이 건물을 두고 낭만적인 생각을 품고 있었던 것에 반해 정작 이 건물에서 기숙사 생활을 했던 사람의 증언은 사뭇 달랐다. 고생스러움이 말이 아니었다고 한다. 신옥섭이란 이름의 여자 동창이 1년 동안 그 집에서 지냈는데 생활환경이 너무나도 열악했다고 회상했다. 우선 자기의 방이 3층이었는데 겨울에 엄청 추웠다고 한다. 방바닥엔 다다미가 깔려 있었고 방 가운데에 연탄난로 하나를 놓고 10여 명이 함께 지냈는데, 밤에 편지를 쓰려고 잉크병을 열고 펜으로 잉크를 찍으면 글씨를 쓰기도 전에 잉크가 얼어붙을 정도로 추었다고 한다. 식사는 지하실 식당에서 했는데 밥 한 그릇에 반찬이 딱 한 가지였다고 한다.

그뿐이 아니었다. 수도 시설조차 안 되어 있던 시절이라 물 사정이 말이 아니었다고 한다. 기숙사 뒤편 개울 옆에 있는 우물이 여학생들이 쓰는 우물이었는데 수량이 부족하여 빨래는 고사하고 세수하기도 어려웠다고 한다. 늦게 일어나거나 행동이 느린 여학생은 비눗갑으로 우물 바닥의 물을 떠내어 겨우 고양이 세수를 할 정도였다는 것이다. 그러면서 신옥섭 씨는 웃으면서 말했다.

"지금도 제가 잘 하는 묘기가 하나 있어요. 물이 담긴 주전자를 한 손으로 들고 주전자 꼭지를 입에 대지 않고 물을 마시는 거예요. 아이들이 보고는 엄마는 어떻게 그렇게 할 수 있냐고 물어요. 그게 사범학교 기숙사 생활할 때 배운 것이거든요. 1층에서 3층까지 올라가는 계단의 층계참마다 식수를 담아 놓은 물주전자가 놓여 있었어요. 실내에서 목이 마르면 나와서 그 주전자를 들어 올려 꼭지가 입에 안 닿게 하여 물을 마시곤 했거든요."

# 있는 그대로의 미학

## 공주읍사무소 건물

공주 시내 한복판, 반죽동. 공주문화원과 공주우체국이 있는 거리. 연춘당한의원 앞으로 커다란 건물이 우뚝 서있다. 2층 높이보다 키가 큰 붉은색 벽돌로 지어진 건물이다. 지금은 빈집처럼 보인다. '고압선미술학원'이란 간판이 걸려 있는 걸로 보아 미술 학원이 세 들어 있는가 보다.

이 건물은 일제 강점기 이래, 과거 공주읍사무소로 사용되던 건물이다. 공주시나 공주군에 앞서 공주는 공주읍이었다. 오랜 세월이 건물 안에서 공주의 중요한 행정이 이루어졌다. 그런데 지금은 모든 것들이 바뀌어 이 집은 마치 빈집처럼 되어 있다.

아직도 이 집을 공주시에서 관리할까? 알아보니 새롭게 공주시청을 지을 때 자금이 부족하여 당시의 시장이 누군가에게 매각했다고 한다. 아뿔싸! 팔지 말았어야 하는 건데……. 공주시청에서 이 공간을 활용하여 도서관으로 쓰거나 공주시청 역사관 같은 것으로 만들었다면 얼마나 좋았을까?

혹시 이런 생각에 반대 의견을 가질 수도 있다. 그까짓 것 일제 시대의 유물, 때려 부수어야 한다고 말할 사람도 있을 것이다. 그러나 내 생각은 그렇지 않다. 비록 일제 시대의 잔재일망정 우리 땅에 있었던 것이니만큼 잘 보존해야만 한다. 그래서 우리의 것으로 삼아야 한다. 그것이 문화다.

문화란 있는 그대로를 인정하는 것이다. 자기에게 좋은 것, 유리한 것만 우리 것이라고 말하는 것이 아니다. 문화는 당위나 윤리가 아니다. 실재의 문제, 미학의 문제이다. 그러므로 부정적인 것도 충분히 우리의 문화에 포함시켜야 한다. 친일파라고? 주체 의식이 없다고? 그렇게 말하는 사람과는 이야기가 안 된다. 마음이 통하지

않는다. 마음이 통하지 않는데 어찌 문화를 이야기하겠는가!

최근 공주 거리에서 사라진 이름 있는 근대 건축물이 상당히 많다. 이제 남은 건 중동성당 건물, 언덕 위의 빨간 지붕으로 알려진 사 선교사 저택 건물, 그리고 공주읍사무소 건물 정도가 고작이다. 지금도 나는 공주우체국이나 공주문화원에 갈 때마다 공주읍사무소 건물을 유심한 눈길로 바라보곤 한다.

# 맑은 날의 유혹에 넘어가

## 송산리 고분군

맑은 날은 나를 유혹한다. 어디든 떠나 보아야 하지 않겠느냐고 속삭이는 것만 같다. 더구나 겨울날, 햇빛이 밝고 바람까지 유순하면 집 안에 가만히 틀어박혀 있을 수가 없다. 자전거를 타고 곰나루를 다시 한 번 가 보았다. 언제 보아도 고즈넉한 곰나루 솔밭 길을 돌아서 국립공주박물관으로 향했다. 시내 지역에서 옮겨 온 새로운 박물관이다. 박물관에서 구하기 힘든 책 몇 권을 사 가지고 돌아오는 길에 무령왕릉에 들렀다. 아니, 송산리 고분군에 들렀다. 이곳은 사적 13호로, 전체로 보아서는 송산리 고분군이고 부분으로 보아서는 무령왕릉이다. '송산리' 고분군? 왜 백제의 고분군이 있는 곳에 송산리가 붙는가? 그건 이 땅이 한동안 송씨네 산소가 있던 곳이기에 그렇다. 비슷한 이름이 송산리 고분군 바로 앞산에도 있다. 박산소, 한산소가 그것이다. 이를테면 박씨네 산소, 한씨네 산소가 있는 곳이란 뜻이다.

송산리 고분군에서 만난 계룡산 산봉우리.

송산리 고분군은 그 위치부터가 범상치 않다. 금강을 등에 지고 오른쪽(서쪽)으로 곰나루가 있고 왼쪽(동쪽)으로 공산성이 있으며 멀리 계룡산 높은 봉우리가 올려다 보인다. 정문을 통과해 안으로 들어가니 곧장 무령왕릉 모형관이 나왔다. 반지하식 건축물 안에 무령왕릉이며 백제 고분의 여러 형식과 유물의 모형을 만들어 놓았다. 보존을 위해 무령왕릉을 비롯한 백제 고분을 공개하지 않고 이곳에서 백제 고분의 면모를 볼 수 있도록 한 것이다(무령왕릉은 발굴 이후 한동안 일반에게 공개되었으나 물이 새고 벽돌이 깨지는 등 훼손이 심각해 1997년 말 보수 공사를 한 뒤 영구 폐쇄 상태에 들어가 있다).

모형관 안에서 두 분의 문화재 해설사를 만났다. 그 가운데 한 분이 고등학교 선배인 최병옥 교장이었다. 그분은 나를 보자 반색하며 직접 고분군 이곳저곳을 안내해 주었다. 우리의 발길은 우선 5호분과 6호분 앞에 잠시 멈춰 섰다. 고등학교 2학년 때, 사회과 나도승 선생의 인솔로 6호분 내부에 들어갔던 일을 떠올렸다. 앞선 사람이 손전등을 들고 안내를 했는데 통로가 좁기도 하고 길기도 하여 드나들기에 힘들었다. 내부 또한 넓지 않아서 5명씩 조를 짜서 들어갔다. 6호분 내부의 벽에 사신도四神圖가 그려져 있는 것을 똑똑히 보았는데 선배의 말에 의하면 지금은 그 사신도가 흐려져 보이지 않게 되었다고 한다.

내가 중국 여행길에 지안集安 고구려 국내성 터에서 보았던 오회분 5호묘에 대한 이야기를 하자, 최 선배는 그 오회분 5호묘는 규모가 크고 벽화도 화려한 경우이고 이곳 6호분은 규모가 작고 색깔도 소박한 경우라고 설명해 주었다. 또한 6호분의 벽화 안료顔料는 두 가지인데 바탕용으로 쓰인 붉은색 흙과 그림용으로 쓰인 조개껍질을 잘게 깨어 만든 하얀 색깔이라고 한다. 이 6호분이 바로 가루베 지온經部滋恩이란 일본인이 5호분과 함께 도굴한 무덤인데 1933년 그가 공주고등보통학교(현 공주고등학교) 교사로 있으면서였다고 한다.

최 선배는 석축분石築墳과 전축분塼築墳에 대해서도 소상히 설명해 주었다. 석축분은 깬 돌을 횡혈식橫穴式으로 쌓아서 만든 것으로 한성 백제 시대부터 채용해 오던 무덤 양식이며, 전축분은 벽돌을 역시 횡혈식으로 쌓아서 만든 것으로 6세기 초 중국 남조 양梁나라로부터 이입된 양식이다. 송산리 고분군에서 밖으로 드러난 무덤 가운데 1호분에서 5호분까지가 석실분이고 6호분과 무령왕릉이 전축분이다. 현재 송산리 고분군에는 30여 기基의 백제 고분이 밀집된 것으로 짐작되는데 모두가 왕릉은 아니고 웅진 백제 시대 왕족의 무덤으로 추정된다. 그 가운데 구체적으로 외형이나 내부가 알려진 고분이 7기, 위치만 파악된 고분이 8기이다.

우리는 6호분 모퉁이를 돌아 무령왕릉 앞으로 갔다. 무령왕武寧王. 흔들리는 백제를 바로잡아 중흥시킨 성왕聖王에 앞서 기틀을 잡아준 백제의 25대 왕이다. 무령왕릉은 1971년 7월 5일 발견되었다. 공주박물관에서 5호분과 6호분의 누수漏水 관계로 배수 시설 보수 공사를 하던 중 우연하게 발견되었다. 앞서서 가루베 지온은 이 무령왕릉을 5호분과 6호분을 보호하기 위해 인공으로 쌓아올린 주산土山쯤으로 여겼다니, 그의 착각이 뒤늦게 고맙기도 한 일이다.

처녀분處女墳이었다. 도굴의 흔적이 없는 깨끗한 무덤이었다. 1,500년 동안 한 번도 인간의 손길이 스치지 않고 꽁꽁 숨어 있던 백제의 무덤이었다. 이 무덤의 왕비 지석 위에 놓여 있던 오수전五銖錢을 보고, 지신地神에게 돈을 주고 땅을 샀기에 그렇게 오랜 세월 동안 처녀분인 채로 남아 있었을 것이라고 농담조로 말하는 사람도 있다. 발굴 당시 급히 연락을 받고 서울에서 내려온 중앙박물관장 김원용金元龍 박사가 진두지휘하여 7월 8일 개봉을 하였다. 실은 2년 내지 3년 동안 천천히 동원할 수 있는 모든 과학 기술의 도움을 받아 가며 발굴해야만 했던 일이었다. 그러나 이 전대미문前代未聞의 사건 앞에서 전문가들도 흥분하고 언론 기관도 흥분하여 그만 졸속으로 12시간 만에 쓰레기를 훑듯 퍼내는 치명적인 실수를 저질렀다. '꿈꾸었던 명문銘文 무덤 발굴의 엄청난 행운이 내 머리를 돌게 만들었다'고 김원용 박사는 당시의 일을 회고록에 적었다.

세계적 발굴이었다. 한국에서만이 아니라 세계적으로 드문 일이었다. 무엇보다도 무덤의 주인이 누구인지, 무덤의 축조 연대가 언제인지 분명하게 밝혀진 무덤이라는 데에서 역사적 가치가 컸다. 무덤에서 왕과 왕비의 지석誌石이 나왔기 때문이다. 지금까지의 무덤들은 무덤의 임자가 누군지 몰라 아라비아 숫자를 사용하여 무덤의 번호만 붙였을 따름이었던 것이다. 이 지석의 출현으로 송산리 고분군은 명실상부 웅진 도읍 시기 백제의 왕이나 왕족의 무덤 지역으로 인정받는 계기가 되었다.

무령왕릉 앞에 서니 초등학교 5학년 국어 교과서에 무령왕릉에 대해서 글을 썼던 일이 생각났다. 1980년대 초였을 것이다. 서울의 문교부에서 공주교육대학 학장으로 부임해 온 박용진 선생이 어느 날 나를 불러 글을 한 편 쓰라고 부탁했다. 그분은 그때 문교부 편수관으로 교과서 만드는 일을 주관하다가 내려왔다. 아무래도 공주에 대한 자료를 국어 교과서에 써넣어야 하겠는데 필자로 마땅한 사람이 없어 나에게 부탁한다고 했다. 나는 우선 무령왕릉에 찾아가 보고 무령왕릉에 관한 자료를 뒤져 보았다. 그러나 무령왕릉

송산리 고분군 무덤의 봉분.

은 그저 그런 옛날의 무덤일 뿐이었다. 쉽게 글이 써지지 않았다. 생각 끝에 국립공주박물관으로 찾아가 박물관장인 박영복 선생을 만났다. 그분의 초등학교 다니는 아들을 내가 담임하고 있어서 수월하게 고민을 털어놓을 수 있었다.

핵심은 시각의 문제였다. 오늘날의 시각이 아니라 1,500년 전 옛 사람의 눈으로 무령왕릉을 보라고 권했다. 나는 초등학교 다니는 아이 둘을 데리고 마티재까지 가서 거꾸로 공주로 들어와 무령왕릉으로 갔다. 의도를 말하고 관리자에게 내부를 보자고 말했다. 아이들과 함께 무령왕릉 안으로 들어가 아이들의 눈을 빌려 여러 가지를 둘러보았다. 나름대로 새로운 감흥이 일었다. 돌아와 두 종류의 글을 써서 박용진 학장에게 드렸더니, 나중에 그중의 한 편이 교과서에 실렸다.

최 선배는 다시 나를 안내하여 등성이 쪽으로 올라갔다. 길은 오른쪽으로 비스듬히 꺾어져 올라가면서 그 위에 네 개의 무덤을 보여 주었다. 1호분부터 4호분까지의 무덤이다. 송산리 고분군 가운데서 가장 오래 전에 발굴된 무덤이라고 한다. 1927년에 5기의 무덤이 발굴되었는데 그 가운데 한 기는 나중에 유실되었다고 한다. 대개 송산리 고분군에 오면 아무리 성의 있는 사람이라도 무령왕릉 앞까지만 오고 이곳은 그저 한 번 쓱 바라만 보고 발길을 돌린다. 실은 나도 이곳은 처음이었다. 최 선배는 다시 나를 이끌어 산의 정상 부분까지 데리고 갔다. 무덤 위로 산책로로 사용되는 길이 나 있었다. 다시 최 선배는 나를 무령왕릉 봉분 쪽으로 데리고 갔다.

그곳은 일반인에게는 접근이 허락되지 않는 구역이다. 역시 와보니 자리가 좋았다. 문외한의 눈에도 명당이었다. 공주 시내가 훤히 건너다보이고 공산성도 눈 아래로 보였다. 왕릉이 들어설 만한 곳이구나 싶었다. 멀리 계룡산의 높은 봉우리까지 보였다. 모든 것들은 찬찬히 보지 않으면 그 진가를 모르게 되어 있다. 역시 오늘 송산리 고분군을 찾기를 잘했고, 와서 최 선배를 만나기를 잘했구나 싶었다. 불쑥 찾아온 후배를 후대하여 친절히 안내해 주고 설명해 준 최 선배의 배려가 고마웠다. 맑은 겨울날의 유혹에 넘어가기를 잘했구나 느껴지는 한 날이었다. 어떻게 보느냐에 따라 얼마든지 옛것도 충분히 새롭게 볼 수 있다는 것을 알게 된, 내 지상에서의 귀중한 또 한 날이었다.

# 인간 세계 너머 너무나 평온한 자연의 공간

## 갑사

봄이 되어 꽃을 보러 이곳저곳 많이 쏘다녔다. 오곡동의 산수유, 옛 공주박물관의 벚꽃, 통천포의 배꽃, 공산성의 산벚꽃, 마곡사의 진달래 같은 꽃들이 내가 보고 싶던 꽃들이었다. 이제 마지막으로 남은 것은 갑사의 황매화다. 꽃은 폈을까? 며칠 전부터 궁금했던 일이었다.

예고 없이 대전에서 김상현 시인이 찾아왔다. 유준화 시인과 셋이서 잠시 갑사를 보러 가기로 했다. 두 사람은 나한테는 형제나 다름없는 사람들이다. 세상의 모든 일들이란 이렇게 갑자기 이루어지게 되어 있다. 황매화꽃을 보고 싶었는데 그 조그만 소원이 작정 없이 이렇게 이루어진 것이다.

갑사에 가 보니 벌써 황매화꽃이 피고 있었다. 4월 14일. 아직 만개한 것은 아니지만 양지 쪽을 중심으로 여기저기 꽃이 피어 있었다. 갑사 입구부터 갑사에 도착하기까지 길 양옆으로 황매화 군락

지가 형성되어 있다. 넓이가 무려 천 평이 넘는다 한다. 황매화꽃이 피면 온 골짜기가 노랑 등불을 밝힌 듯 훤해진다.

황매화는 키가 크지 않은 나무다. 번듯한 줄기를 세우는 나무도 못 된다. 한 포기에서 가느다란 가지가 여러 개 돋아나와 덤불을 이루며 자란다. 아마도 반음반양의 나무인 듯 키가 큰 나무 아래를 살살 기면서 자란다. 번식력도 좋은 듯하다. 처음에는 많지 않았던 것 같은데 해를 거듭하면서 넓은 지역으로 번지고 있다.

갑사의 황매화는 특히 빛깔이 곱고 꽃잎 모양이 예쁘기로 이름이 나 있다. 흔히 인가 근처 울타리나 뜨락에서 자라는 황매화는 겹꽃인데 비해 갑사의 황매화는 홑꽃이다. 꽃잎 모양이 정갈하고 예쁘다. 단순미가 있다. 단아하고 기품이 있어 보인다. 노랑이라도 샛노랑이다. 거기서 우리는 순결함 같은 것, 고결함 같은 것을 느끼기도 한다.

갑사 길을 따라 올라가며 황매화를 살폈다. 잠시도 황매화에게서 눈을 뗄 수가 없었다. 카메라로 사진을 찍으려니 황매화 가는 줄기가 출렁거렸다. 이것은 이 봄에 자주 겪었던 일. 꽃이 수줍음을 타는가 보다. 아가야, 괜찮아, 괜찮아. 조금만 기다려 줘. 나는 조심스럽게 꽃의 모습을 사진기에 옮기곤 했다.

봄날 늦은 오후의 햇빛이 황매화꽃을 그윽하게 비쳐 주고 있었다. 햇빛을 받은 꽃은 더욱 노란빛으로 보였다. 황매화꽃 속에 숨어 있던 노랑 물감이 분수가 되어 허공으로 뿜어져 나오는 듯했다. 눈이 부셨다. 황매화꽃은 어느새 황금의 꽃으로 변해 있었다.

갑사는 계룡산이 품고 있는 세 개의 큰 사찰 가운데 하나로 서쪽 기슭에 있다. 우선 그 이름에 갑甲 자가 붙어 있어 범상치 않음을 예감하게 한다. 갑이란 글자는 첫째를 나타내고 제일을 의미한다. 갑 자가 들어간 이름으로 가까이 청양에 칠갑산七甲山이 있고 전남 영광에는 불갑사佛甲寺가 있다.

그동안 얼마나 많이 이 갑사를 드나들었을까. 문학 모임을 갖거나 사람을 만나 식사를 하기 위해 수없이 많이 오고 갔던 절이 갑사요, 그 아래 식당가이다. 내 집 안방처럼 드나들었다면 지나친 표현일까. 그런데도 지루하지 않다. 친구는 오래 사귄 친구가 좋고 술은 오래 묵은 술이 좋다는 말이 있다. 갑사가 나에게 그렇다.

신현국 화백이 어떤 자리에선가 '동학사는 지나치게 되바라진 느낌이고 신원사는 너무나 수줍어하는 절인데 갑사는 겸손할 줄 알며 자기를 당당하게 드러낼 줄 아는 절이다'는 요지의 말을 들려준 적이 있다. 그럴까? 계룡산 둘레에서만 몇십 년 살아온 사람의 말이니까 그렇겠지, 곰곰이 생각해 보니 탁견이구나 싶었다.

갑사를 두고 사람들은 '천 년 고찰'이란 말을 자주 한다. 백제 때 생긴 절이요, 통일 신라 때부터 널리 알려진 절이라 했다. 임진왜란 때는 영규대사와도 관계가 있는 절로 볼만한 곳으로는 대웅전, 대적전, 철당간지주, 표충원(영규대사를 기리는 곳), 동종, 대적전 부도가 있고 세조 2년에 만들어졌다는 월인석보(月印釋譜) 판목도 보물로 지정되어 있다. 갑사 뒤로는 신흥암, 대자암과 같은 암자가 있고 금잔디 고개를 넘어가는 계곡에 용문폭포도 볼만하다.

내가 갑사 경내에서 좋아하는 몇 군데 중 우선 생각나는 곳은 갑사 오르는 느슨하고도 한적한 길이다. 적당히 가파른 그 길을 걸어 오르노라면 호흡이 조금씩 가빠지면서 내가 살아 있는 사람이라는 것을 새삼 실감하게 된다. 그 다음은 대적전 지역이다. 가다가 만나는 공우탑, 대적전 마당에서 만나는 고요, 내려오는 돌계단 길과 그 길을 둘러싼 시누대(식대, 해장죽海藏竹의 시골말) 수풀, 그리고 당간지주가 특별하다.

무엇보다도 내가 좋아하는 건 갑사 강당을 향하여 올라가는 몇 개의 돌계단과 조그만 문이다. 해탈문. 양쪽에는 나지막이 소나무도 있었다. 그 계단 아래에서 보면 갑사 강당 건물에 오른쪽에서 왼쪽으로 鷄龍甲寺(계룡갑사)라고 쓰여진 편액이 빼끔히 올려다보였다. 그러나 지금은 그 계단과 문이 사라지고 보이지 않는다. 화재에 대비하여 관청에서 그렇게 하도록 지시했다는 말이 있지만 여간 섭섭한 일이 아니다. 마치 치마를 벗어 버린 여인네를 대하듯 민망한 느낌이다. 훤히 드러나 보이는 갑사의 강당 건물이 당황하여 어쩔 줄 몰라하는 듯한 표정을 읽는다.

천 년 쯤 묵은 구렁이가 깃들어 있는 듯한 적막이 감도는 갑사 대적전. 올라가는 길이 자연석 돌계단이고 주위에 우거진 시누대 수풀이 장관이다.

갑사로 가는 오르막길 앞에서 우리는 발길을 돌려 식당거리로 향했다. 그 가운데 한 집의 들마루에 자리를 정하고 앉았다. 벌써 방 안보다는 야외의 자리가 좋은 철이 왔다. 뜻밖에 그 집 마루에서는 계룡산의 얼굴이 정면으로 들여다보였다. 화장하지 않은 민얼굴이다. 오늘도 하루, 어지럽게 산 날의 저녁나절. 북적대는 인간 세계 너머 자연의 공간이 너무도 평온하게 보였다.

# 우리 다시 기적처럼 만난 날

신원사

공주에 살고 있는 사람이라도 쉽게 찾아가지지 않는 절이 신원사이다. 계룡산 남쪽에 있는 절. 소문나지 않은 절이고 조금은 수줍은 절이다. 신원사新元寺는 찾아가는 길목부터가 느슨하고 편안하다. 평야 지대를 끼고 한참 따라가는 길. 한적한 마을을 지나기도 하고 조그만 저수지 안길을 돌기도 하다 보면 어느새 절 아랫마을에 다다르게 된다. 나지막한 등성이에 다문다문 집들이 서 있고 물이 흐르는 날보다는 말라 있는 날이 더 많은 개울이 있고, 그 개울을 건너 울창한 수풀 사이 절이 한 채 숨어 있다. 절이 앉은 골짜기가 무척이나 화사하고 고즈넉하다. 절이라기보다는 옛날 대갓집에라도 들른 듯한 느낌을 준다. 신원사는 사찰 공간과 여염의 마을이 확연하게 구분이 되지 않는 드문 절이다.

다른 지역 사람들에게 신원사는 국제선원과 중악단中嶽壇으로 더욱 알려진 절이다. 현재 국제선원은 신원사를 떠나 다른 곳으로 갔고 중악단만이 우람한 자태를 지키며 신원사의 무게를 더해 준다. 중악단은 신원사의 부속 건물인 일종의 산신각이다. 우리나라의 이름난 산을 남북으로 펼치면, 묘향산이 상악上嶽이요 지리산은 하악下嶽이며 계룡산은 중악이다. 예로부터 우리 국토의 중심을 잡아 주는 산이 바로 계룡산이었던 것이다. 본래는 신원사 경내에 계룡단鷄龍壇이라는 단을 모시고 계룡산 산신에게 제사를 지냈는데 조선 고종 때부터 중악단으로 개칭했고, 특히 명성황후가 이 중악단을 소중히 여겨 황실의 안위安危를 비는 제사를 자주 드렸다 한다. 오늘날에도 해마다 이곳에서 제례 행사가 계속되고 있다. 이런 연유인지는 몰라도 중악단에 이르면 신비스러운 기운을 느끼게 된다고 말하는 이들도 더러 있다.

신원사를 생각하면 누구보다도 떠오르는 사람은 연이다. 그리고 연이의 친구 은봉이다. 벌써 27년도 훨씬 전의 일인가 보다. 1981년 10월 13일, 연이랑 은봉이랑 신원사를 찾은 적이 있었다. 왜 동학사나 갑사가 아니고 신원사였는지 모른다. 아마도 공주에서 대학 공부를 마치고 공주를 떠나는 그들에게 내 나름대로 공주다운 모습, 공주의 숨겨진 모습을 보여 주고 싶다는 생각에서 신원사를 택했는지도 모르겠다.

오후 시간, 공주에서 시내버스를 타고 찾아간 신원사. 늦은 가을 날씨가 잔뜩 흐려 있었다. 기온까지 내려가 있었고 어쩌면 때 이른 눈발이라도 스칠 것 같은 음산한 날씨였다. 하늘엔 검은 구름이 말

달리듯 흐르고 있었고 지상에는 바람이 거세게 불고 있었다. 매표소는 마련되어 있었지만 지키는 사람도 없었다. 우리는 아무의 제지도 받지 않고 절로 향하는 길을 걸어가고 있었다. 빼곡히 들어찬 나무들이 바람에 불려 제멋대로 몸을 비틀고 있었다. 마음이 심란했다. 그러나 그 궂은 날씨와 심란한 마음이 우리에게 특별한 정취를 안겨 주었다. 처음 찾아간 신원사를 더욱 신원사답게 만들어 주었다.

절 입구에서부터 낙엽이 날리고 있었다. 며칠을 두고 내린 산골된서리에 나무의 이파리란 이파리는 모조리 떨어져 땅바닥에서 뒹굴고 있었다. 낙엽은 길바닥이고 개울이고 다리 위이고 가릴 것 없이 수북수북 쌓여 있었다. 낙엽이 부스럭거리는 소리로 가득 차 있었다. 낙엽은 바람에 불려 이리저리 쓸려 다니고 있었다. 발길 옮길 때마다 낙엽은 발자국 아래서 와삭와삭 소리를 내고 있었다. 아프다고 내는 소리였을까. 아니면 외롭다고 내는 소리였을까. 낙엽 소리를 들으며 우리 자신도 하나씩 낙엽이 아닐까, 그런 감상에 젖기도 했다.

우리는 될수록 천천히 발길을 옮기며 절의 구석구석을 살펴보고 다녔다. 절을 구경하기보다는 바장이는 데 더 목적을 둔 소요逍遙 같은 것이었다. 구름 사이로 삐져나온 늦가을의 해쓱한 햇빛이 절 마당이며 탑 주위를 비쳐 주면서 우리의 발길에도 휘감기고 있었다. 눈에 띄는 사람도 별로 없었다. 다만 겨울 채비를 서두르는 먹물 옷의 여인네 몇이서 채소를 다듬고 있는 게 눈에 띄었다. 탑이 서 있는 대웅전 앞뜨락이 누구네 조용한 안마당인양 했다. 추녀 밑에 매달린 곶감 꿰미에도 저녁 햇빛이 흐릿하게 드리워져 있었다. 그러나 나는 그런 것들에 눈길을 주고 있는 두 젊은 처자에게 더 많이 눈길을 주고 있었을 것이다. 오간 말들도 별로 많지 않았다.

그로부터 얼마나 많은 세월이 흘렀나? 오늘이 2008년 5월 18일. 정확히 계산해 보면 26년 7월 15일 만이다. 결론부터 말한다면 그녀들이 다시 나를 찾아 공주에 왔다. 그리고 우리는 다시 신원사를 찾아갔다. 처음 갔을 때에도 셋이었는데 오늘도 셋이서 갔고, 처음 갔던 날도 날씨가 흐리고 안 좋았는데 오늘도 날씨가 좋지 않은 날이었다. 참 묘한 우연의 일치다. 다른 점이 있다면 세월이 많이 흘러 나는 더욱 나이 든 사람이 되었고 그들도 이제는 중년의 지긋한 여인이 되었다는 것이다. 그리고 그때는 늦은 가을철이었는데 오늘은 늦은 봄철이라는 점이다.

지난해 내가 앓아누웠을 때에도 그 두 사람은 많이 걱정해 주었고 여러 차례 병원에 찾아와 아낌없이 위로를 해 주었다. 올해 스승의 날을 앞두고 연이로부터 전화가 왔다. 스승의 날을 지내고 일요일에 한번 만나러 오겠다는 얘기였다. 말로는 그러지 말라고 했지만 은근히 기대를 했다. 무엇보다도 병원에서 경황없이 보고 나서 헤어진 얼굴을 한번 가까이 보고 싶었던 것이다. 실상 나는 연이나 은봉이한테 선생이 되는 사람이 아니다. 그런데도 그들은 나를 스승 대접을 하고 이렇게 신경을 써 준다. 그들이 젊어서 대학에 다니던 시절의 인연을 소중히 여겨 그러는 것이다.

며칠 전부터 기다리고 있었다. 어제는 정말로 공주에 오는 거냐고 연이에게 전화를 걸어 확인까지 했다. 그들의 공주 방문을 대비하여 교회도 1부 예배를 선택하여 일찍 다녀왔다. 약속한 12시 30분, 두 사람을 태운 자동차가 정확하게 우리 아파트 마당에 도착했다. 은봉이가 운전을 하고 있었다. 나는 그들을 갑사 수정식당으로 안내했다. 언젠가 한 번쯤 그들과 왔던 집이기에 피차 분위기에 익숙해 있었다. 천천히 점심 식사를 마치고 우리는 신원사를 가 보기로 했다. 물론 내가 한 제안이었지만 그들은 말없이 나의 말에 동의해 주었다. 갑사와 신원사는 가까운 거리에 있고 서로 통하는 지름길이 있다. 가면서 오래전에 그들과 함께 왔었던 신원사에 대해 뜨문뜨문 이야기를 들려주었다. 그들은 그때의 일을 많이 기억하지 못하고 있었다.

다시 찾아간 신원사는 여전히 편안하고 느슨한 느낌 그대로였다. 다른 사찰 같았으면 매표소와 사찰 사이의 구간이 정비되었을 텐데 신원사는 옛날 모습 그대로였다. 매표소를 지나 안쪽에 있는 음식점이며 인가들이 그대로 남아 있었다. 다시 옛날로 돌아온 듯 정겨운 느낌이었다. 그러나 다리를 건너가 만난 절은 많은 부분이 변해 있었다. 길이 넓혀지고 포장된 것은 그렇다 치더라도 없던 길이 새로 생기고 있던 길이 없어져 있었다. 또 여기저기 새로운 건물이 들어서 있었다. 많이 낯설었다. 무언가 꽉 찬 듯한 느낌이었다. 허전한 듯한, 비어 있는 공간 구조가 신원사의 독특한 분위기였는데 그런 정취가 싹 가셔 버렸다. 그러나 변하는 신원사를 탓할 수만은 없는 노릇이다. 세상의 모든 일은 변하게 되어 있고 변한다는 것이 본질이다. 부처님 말씀에도 '만물은 변한다, 쉬지 말고 정진하라'고 하지 않았던가!

여기였나? 그날 우리가 사진 찍었던 자리가 저기였나? 노란 은행나무 한 그루를 배경으로 사진을 찍었었다. 은행나무는 반쯤 옷을 벗고 서 있었고, 은행나무 앞으로는 나지막한 돌각담이 드리워져 있었다. 그러나 한참을 두리번거려도 우리가 사진을 찍었던 장소를 찾을 수가 없었다. 가물가물한 기억을 되살려 은행나무를 찾아내고 보니 그 사이 돌각담이 없어졌다. 나는 사진기 앞에 서는 것이 썩 내키지 않는 듯 망설이는 두 사람을 은행나무 앞에 세우고 사진을 찍어 주었다. 그들도 이제는 나이가 40대 중반인 아낙들인데 사진 찍는 일이 부담스러웠을 것이다. 그래도 우리는 모처럼 유쾌한 기분이었다. 무엇보다도 오랜 시간의 강물을 건너 다시금 옛날의 자리로 돌아온 것이 그렇게 고마울 수가 없었다.

생각해 보면 살아 있다는 사실부터가 기적 같은 일이다. 작년에 내가 만약 세상을 떴다면 이런 일이 가능했겠는가. 그것도 세 사람이 다 같이 그 자리로 돌아올 수 있다는 것은 더더욱 기적 같은 일이다. 기적은 먼 것이 아니다. 큰 것이 아니다. 가까운 것이고 사소

한 것이다. 우리 몸 가까이 일어나는 일이고 우리 몸 안에서 일어나는 일이다. 물 한 컵 마시는 일, 밥 한 그릇 먹는 일도 기적이다. 사람과 사람이 만나는 일도 기적이다. 같은 하늘 아래 살며 오래오래 가슴속에 누군가를 생각하며 사는 일도 기적이다. 무엇보다도 나에게는 연이의 존재 자체가 하나의 기적이다. 다시 은봉이가 기적이다. 어찌 나에게 그런 간절한 이웃들이 허락되었더란 말이냐! 꿈결 같은 일이다. 그녀들이 앞으로도 어디선가 숨 쉬며 살아 있을 것이 또한 기적이다. 언젠가 또다시 만날 수 있다는 기대가 기적이다. 기적같이 살아 있는 목숨, 기적같이 찾아온 오늘, 또한 기적같이 만나게 된 그들에게 감사한다. 아니, 나 자신에게 감사하는 마음이다.

# 직선을 거부하는 길

## 마곡사 1

공주의 경관을 이야기하고 절을 말하면서 빼놓아서는 안 되는 절이 마곡사이고 그 일대의 풍광이다. 마곡사가 옛날 31본산本山 가운데 하나였고, 오늘날에 이르러서도 대한불교조계종 25교구 본사 가운데 하나라서 그런 것만은 아니다. 마곡사가 일찍이 『정감록鄭鑑錄』 같은 비기祕記, 이중환李重煥의 『택리지擇里志』 같은 지리지地理志에 나온다는 십승지지十勝之地 가운데 여섯 번째 길지(안산심마곡安山深麻谷)라서 그런 것만도 아니다.

마곡사 일대의 땅이 마음에 와 남는 풍광을 지니고 있음은 예전이나 오늘이나 만찬가지다. 같은 공주 땅이고 공주 사람이건만 언제고 마곡사를 찾아갈 때는 어디 먼 곳으로 떠나가는 것만 같고 아주 깊숙한 곳으로 빨려 들어가는 것만 같은 감회에 젖어든다. 그것은 어쩌면 적막감 같은 것이기도 하다. 이 같은 느낌은 수년 전 아주 좋은 후배 시인들(김백겸, 양애경, 김순선)과 안동에 들러 1박하고 병

산서원屛山書院을 다녀 봉정사鳳停寺를 찾아갈 때의 느낌과 비슷하다. 어디 멀고 깊숙한 곳으로 가기는 가되 아주 오래 전에 나와 함께 했던 모든 것들 속으로 다시 돌아가는 듯한 편안함 같은 것 말이다. 처음엔 내 것이었으되 한동안 내 것이 아니었으나 다시 그 본래의 것으로 회귀하는 듯한 느낌 같은 것 말이다. 그러므로 마곡사에 관한 『정감록』이나 『택리지』의 기록은 과거의 것으로만 끝나는 것이 아니라 여전히 오늘날의 것이기도 하다.

가는 길이 많이 구불거리고 오르락내리락하지만 차창에 보이는 풍경은 우선 한적하다. 가는 길에 춤다리나 춤바위에 대한 이야기를 듣기도 한다. 고려 시대 불일보조란 스님이 왕명을 받아 폐사가 된 마곡사를 일으키기 위해 찾아가는 길에 절로 들어가는 골짜기가 하도 좋은 나머지 뛰어올라가 춤을 추었다는 바위가 춤바위요, 그 바위 근처에 놓인 다리가 춤다리라고 한다. 지금도 가교리와 대중리 사이 도로를 지나 만나게 되는 마곡천 한가운데에 네모지고 반듯한 바위가 하나 버티고 서 있는데 그 바위가 바로 춤바위요, 조금 더 가다가 건너는 조그만 다리가 춤다리이다.

더러 이 고장 사람들은 삼태극三太極 이야기를 꺼내 놓는다. 마곡사 찾아가는 길 주변이, 아니 마곡사 터가 삼태극, 즉 세 가지의 태극이라는 것이다. 우선 산이 태극(영어의 S자) 모양으로 굽어졌으니 산山태극이요, 산을 따라 물길이 흐르니 수水태극이요, 산과 물을 따라 길이 또 생겨났으니 도道태극이라는 얘기다. 마곡사 길에 들어서면 그 말이 맞다는 생각이 들면서 산과 물과 길이 태극인 곳에 사람들이 마을을 이루고 살아가니 인ᄉ태극까지 합쳐서 사四태극이 아니겠냐는 생각을 더불어 갖게 된다. 이런 생각에 바탕을 두고 이 고장 사람들은 들은 풍월로 '유마維麻 양수지간兩水之間에 만인활萬人活'이란 문자를 즐겨 쓴다. 유구와 마곡 두 고장 사이로 흐르는 개울 언저리에 아주 많은 사람이 살아남을 땅이 있다란 뜻이다.

절 초입에서 절까지 들어가는 길이 제법 멀다. 그렇지만 평탄하고 고즈넉한 길이라 한동안 바장이며 혼자 걷기에 적당하다. 한발 앞서 가는 물소리가 여간 우람한 것이 아니다. 홍수기 때만 아니라 갈수기에도 마곡사 계곡의 물소리는 참으로 장쾌하다. 매표소가 자리한 데서부터 한 50m는 실히 이어졌을 것이다. 길 양쪽으로 계곡을 따라 한 마을이 형성되어 있었던 시절을 나는 알고 있다. 숙박 시설도 더러 있었지만 주로 음식점이 즐비했었다. 전을 부치는 기름 냄새며 반찬 냄새, 술 냄새가 일대를 흔들고 있었다. 절에서 수도하는 분들이야 싫었겠지만 우리 같은 속인에겐 그 시절의 마곡사가 참 좋았다. 산속의 고즈넉함에다 인간 세상의 흥청거림이 뒤섞여 묘한 정취를 만들었으니까 말이다. 비승비속非僧非俗이라고나 할까. 그 분위기가 좋아 멀리서 찾아오는 사람들도 있었다.

천왕문에 앞서 해탈문이요 그 뒤로 극락교다. 마곡사에 오기만 하면 어쨌든 해탈을 하게 되고 극락에 이르게 되는가 보다. 극락교를 건너 오른쪽 건물이 스님들만의 공간이고 그 정면으로 보이는 건물이 대광보전大光寶殿이며 그 위로 2층짜리 지붕을 인 건물이 대웅보전大雄寶殿이다. 주인이 되는 건물 두 채가 아래위로 나란히 서서 객을 맞는 셈이다. 앞의 건물 대광보전은 단청이 희끄무레해진 나무 기둥이며 문살, 처마 부분이 무척 예스러운 맛이 나지만 벽면에 그려진 불화가 또한 깊고도 그윽한 느낌을 선사한다.

안목이 있는 나그네라면 절 마당에 들어와 우선 대광보전 지붕의 청기와부터 눈여겨볼 일이다. 얼핏 찾아지지 않는다. 용마루 중간에 겨우 한 장인가가 끼어 있을 뿐이다. 옛날엔 이 절의 기와 전체가 청기와였을까……. 바닷물빛 기와를 머리에 이고 있었을지도 모르는 산속의 으리으리한 절 한 채를 상상해 보는 것도 나쁘지는 않으리라. 그 다음은 오층석탑을 살펴볼 일이다. 이 탑은 그 생김이 '중국 원나라 영향을 받은 라마喇嘛 형식' 으로 되어 있으며 형식상 '고려 말 작품으로 추정' 되며 '이런 형식은 세계적으로 드물어 3개 가운데 하나' 로 꼽힌다고 한다. 탑신 4면에 부처와 보살의 형상이 예쁘게 부조되어 있다.

더욱이 생각이 깊고 따뜻한 나그네라면 김구 선생과 마곡사의 인연에 대해서도 마음에 담을 일이다. 김구 선생은 1896년 명성황후 시해에 분노하여 황해도 안악에서 일본군 장교를 살해한 후 이곳에 와 입산수도한 일이 있다. 그리고 조국의 광복을 맞은 날에 다시 이곳에 찾아와 대광보전에 여전히 걸려 있는 주련柱聯(각래관세간覺來觀世間 유여몽중사猶如夢中事 — 돌아와 세상을 보니 꿈속의 일만 같구나)을 돌아보고 감개무량하여 뜨락에 향나무 한 그루를 심었다 한다. 향나무에 이어 한때 선생이 이 절에 스님으로 살면서 드나들었던 심검당尋劍堂이라든지 다시 찾은 날 하룻밤 잠을 잤다는 염화실拈華室도 찾아볼 일이다. (심검당은 쉽게 보이지만 염화실은 여러 번 갔어도 찾아보지 못했다.)

일찍이 나는 만 나이 18세(1963년)의 초여름 어느 날, 초등학교 선생 발령이 쉬이 나지 않아 절에 들어와 스님 공부나 해 보자 하고 이곳에 와 1박을 하고 간 일이 있다. 그때 나를 맞아 준 스님은 성수性修란 법명의 마곡사 총무 스님. 그 스님과 하룻밤 잤던 요사채는 헐리고 그 자리에 조사전이 들어와 있다. 그날 밤 자다가 오줌이 마려워 자리에서 일어나 방문을 열고 밖으로 나갔다가 휘영청 밝은 달빛과 고요에 기가 질려 오싹 소름이 돋았던 일을 지금도 나는 잊지 못하고 있다. 달빛에도 무게가 있다는 것을 처음 안 순간이었다. 오줌을 눌 만한 마땅한 자리가 없어 개울가로 발길을 옮겼는데 물소리는 또 왜 그리도 커다랗고 차갑게 다가왔는지 모른다. 무서운 생각에 오줌도 제대로 누지 못하고 허리춤을 올리는 둥 마는 둥 방문을 열고 기어들던 생각이 새롭다. 그 시절의 나는 과연 지금 어디에 있는 것일까?

오늘에 와서 보아도 마곡사로 들어가는 길은 곡선이 참으로 아름답다. 그 길이야말로 직선이기를 단호히 거부하는 길이다. 굽이굽이 물결치는 강물처럼 흘러갔다가 흘러나오는 길이다. 너울너울

마곡사에서 나오는 구부러진 길.

춤을 추듯 이어지고 이어지는 길이다. '굽은 것이 좋은 것이요 완전한 것이다' 같은 노자의 문구를 들먹일 까닭도 없다. 다만 마곡사로 들어가는 길은 그 스스로 좋은 길이다. 아름다운 길이다. 존재 그 자체로서 정답고 따뜻한 길이다. 무던히도 심란하고 답답한 날이면 시내버스를 타고 마곡사로 가는 길에 오르자. 여럿이서가 아니라 부디 혼자서 그렇게 하도록 하자.

# 아이야, 마곡사 진달래꽃 보러 가자

## 마곡사 2

대여섯 해도 훨씬 이전의 일이지 싶다. 초등학교 교장으로 두 번째 임지인 상서초등학교에서 근무하던 시절이다. 학교의 위치가 마곡사 가까운 마을이라 해마다 봄이면 전교생이 마곡사 쪽으로 극기 훈련이란 것을 갔다. 쉽게 말해서 멀리 걷기나 등산 같은 것을 말한다. 출발하기에 앞서 운동장에 전교생을 모아 놓고 교장으로서 몇 가지 주의 사항 같은 걸 이야기하는 순서가 있었다.

"얘들아, 지금 마곡사에 가면 소나무 숲이 좋을 것이다. 소나무 속에는 진달래도 피어 있을 것이다. 소나무 숲길에 들어가면 소나무 향내가 날 것이다. 소나무 향내도 맘껏 맡아 보고 진달래꽃도 맘껏 바라보고 오기 바란다. 그런데 진달래꽃을 만나면 어떻게 해야 할까? 너희들 같으면 진달래꽃을 만났을 때 어떻게 하고 싶니? 한 번 말해 볼 사람?"

이야기가 뜬금없었던가 보다. 아이들은 한결같이 입을 다물고 있

었다. 그 때였다. 한 아이가 손을 번쩍 들었다.

"선생님, 제가 말씀드리겠습니다."

의외로 1학년 줄에 선 아이였다.

"그래, 네가 좀 말해 보렴."

"네, 진달래꽃을 만나면 인사를 하겠어요."

"그래? 어떻게 인사를 할 건데"?

"진달래꽃아, 안녕? 그동안 잘 있었니? 그렇게 인사를 하겠어요."

요 녀석 좀 봐. 아이들이 와르르 웃었다. 그러나 나는 기분이 좋았다. 모처럼 맘에 드는 대답을 들었기 때문이었다. 그 아이 이름은 오찬영. 얼굴이 둥글고 몸집이 통통한 사내아이였다. 약간 다혈질이고 성격이 급하고 고집스러워 가끔은 학급에서 말썽을 부리고 담임을 애먹이기도 한다고 들었다. 위로 누나가 하나, 집에서 귀엽다고 응석받이로 키워 그렇겠지 싶었다.

그런데 그 이듬해 신학기를 앞두고 담임이었던 서재정 선생님이 다른 학교로 발령이 나 운동장에서 이임 인사를 할 때였다. 소맷부리로 눈물을 훔치면서까지 흐느껴 운 아이가 그 아이다. 그날 학교 공부가 끝난 뒤에도 학교 정원의 독서하는 소녀상 주위를 맴돌며 교무실 안을 기웃대며 담임선생님의 모습에서 눈을 떼지 못한 아이였다. 그만큼 정이 많던 아이. 그 아이도 이제는 중학생쯤 되어 있을 것이다.

　진달래꽃이 필 무렵이면 완전히 봄철이다. 하지만 아침저녁으로
는 날씨가 쌀쌀하다. 작은 꽃샘추위라 그럴까. 두터운 겨울옷을 벗
고 난 뒤라 새로 꺼내 입은 새하얀 와이샤쓰 소매가 시립기도 하다.
하지만 싫기만 한 것은 아니다. 으슬으슬한 추위 자체가 사람이 살
아 있다는 느낌, 생명감인 것이다. 진달래꽃 고운 분홍빛을 들여다
보면 으슬으슬한 추위마저도 그 속에 스며들어 저토록 고운 꽃이
되었거니 싶은 느낌이 온다.

　벌써 도시 가까운 야산이나 정원에 진달래꽃들이 만개한 것을 보
았다. 올해도 이렇게 진달래꽃과 함께 봄은 우리들 가까이까지 와
서 숨 쉬고 있는 것이리라. 머잖아 마곡사 골짜기에도 진달래꽃은
피어날 것이다. 봄이 떠나기 전에 별러서 한번 마곡사 진달래꽃을
보러 가야겠다. 그런 날이면 나는 또 오래전에 만났던 아이, 오찬
영, 그 정이 많고 눈매가 부리부리하고 티 없이 활달한 아이의 마음
으로 돌아가 있을 것이다. 아이야, 올해도 우리 손잡고 마곡사 진달
래꽃 구경 가자!

# 메밀꽃밭

마곡사 종소리가
키운 메밀꽃밭

태화산 달밤이
키운 메밀꽃밭

부끄러운 속살을 조금씩
조금씩 보여주고 있었지

하얀 물소리 사이
푸른 새소리 사이

덧니를 드러내 놓으며
너는 웃고 있었지.

# 돌아다보니 아무것도 보이지 않았다
## 동학사

꽃이 피기 전에, 새잎이 나오기 전에 한번 가 보아야지 하는 생각이 있었다. 꽃이 피게 되면 사람들이 몰려 차분하게 보고 싶은 걸 보지 못할 것이요, 새잎이 나서 어우러지면 숨겨진 산의 속속들이를 볼 수 없기 때문이다. 마침 대전 쪽에 볼일이 생겨 넘어갔다 오는 길에 유성에서 시내버스를 탔다. 102번. 동학사로 들어가는 시내버스는 시간이 뜸하긴 하지만 공주에서도 있고 논산에서도 있다. 이것만 봐도 동학사가 몸담고 있는 계룡산의 테두리가 방대함을 알 수 있다.

무엇보다도 초혼각지招魂閣址를 보고 싶었다. 그토록 여러 차례 오간 곳인데도 초혼각지가 구체적으로 머릿속에 들어와 있지 않았다. 어림짐작으로 그곳쯤이겠거니 생각하고 걸어서 올라갔다. 초입에서 이곳이 동학사 경내임을 알리는 일주문을 만나고 그 옆에서 일군의 조각상들을 보았다. '생각하는 여인', '자연과 인간', '계룡의 얼굴'. 세 덩어리의 조각 작품이 어울려 또 하나의 커다란 작품을 이루고 있었다. 최종태(崔鍾泰) 작품. 서울대학교 교수를 지낸 최종태 선생은 우리 고장 연기군 출신으로 간략한 선으로 구성하는 반추상의 조각으로 유명하다. 1985년 충청남도에서 '계룡 8경'을 정하여 알리기 위한 기념물인데 이것 하나만으로도 동학사 지역이 빛이 난다.

동학사 조각공원에 세워진 최종태 교수의 '생각하는 여인'.

길이 꽤나 꼬불거리고 멀었다. 주차장에서 매표소까지만 해도 한참 거리인데 매표소부터 동학사까지 1.2km. 평일인데도 오가는 사람들이 많았다. 아무래도 동학사가 대전시 쪽으로 열린 탓이요, 또 그만큼 교통 형편이 좋은 탓이리라. 나는 지나가는 사람들한테 별로 방해를 받지 않았다. 이제는 사람들한테 관심하여 눈을 줄 일도 없다. 그보다는 자연한테 더 많이 마음을 주고 그들과 눈을 맞추어야 할 것이었다. 그동안 눈여겨보아 두었던 산봉우리며 골짜기가 많았다. 모퉁이 길도 여러 개였다. 무엇보다도 계곡의 물이 참 맑고 좋았다. 동학사 계곡의 맑은 물과 물소리는 널리 알려져 있다. 가슴이 절로 시원해지고 마음이 지레 깨끗해지는 느낌이다. 내장까지 씻어 낸 듯하다면 과장일까. 물소리와 동무하며 오르는 길은 그것만으로도 여기까지 찾아온 값을 치르고 남았다.

이름표를 달고 있는 나무들이 눈에 들어왔다. 수첩에 적다 보니 참 가짓수도 많구나 싶었다. 나무의 수종이 다양하기는 갑사 쪽보다도 동학사 쪽이다. 때죽, 산딸, 쪽동백, 고욤, 느티, 고로쇠, 굴참, 졸참, 불두화, 쥐똥, 층층, 굴피, 까치박달, 물푸레, 윤노리, 팥배, 생강, 비목과 같은 이름들이 자주 눈에 들어왔다. 더러는 흔하지 않은 이름도 있었다. 말채나무나 작살나무, 대팻집나무, 서어나무, 사람주나무, 합다리나무 같은 것은 처음 들어 보는 이름이라 무척이나 낯설었다. 나무 이름들을 보면서 인간의 오만함의 극치를 다시 느꼈다. 뭐든지 제멋대로이고 오로지 인간의 편의 중심이다. 애당

초 나무의 생김새나 성질, 특징, 효용을 가지고 누군가가 이름을 지었으리라. 그 중에서도 작살나무나 대팻집나무나 말채나무 같은 나무들에서 더욱 그러하다. 그런 나무 이름들하고 나무하고는 무슨 상관이 있겠는가. 특히 작살나무, 그토록 징그럽고 무서운 이름을 작살나무가 갖기를 바랐겠는가 말이다.

초혼각지는 동학사와 가장 가까운 거리에 있다. 아예 동학사와 이웃하고 있다. 정작 동학사는 계곡 가까운 곳에 지은 세진정洗塵亭이라는 정자를 기점으로 잡는다. 그 바로 앞에서 금잔디고개를 넘어 갑사로 가는 길이 갈린다. 세진정을 지나면 바로 일군의 사찰 건물이 나온다. 그러나 아직은 동학사 본찰이 아니다. 문수암, 관음암, 길상암, 미타암과 같은 암자들이다. 대개 본찰에 딸린 암자들은 본찰 뒤쪽에 있게 마련인데 암자들이 본찰보다 앞자리에 자리하고 있는 것은 동학사만의 특징이다.

한 모롱이 개울길을 더 올라가서 곧바로 나오는 게 계룡산 초혼각지이다. '충청남도 기념물 제18호'란 표석이 세워져 있는 초혼각지는 조선 세조 2년(1456년) 생육신의 한 분인 매월당梅月堂 김시습金時習이 제단을 마련하고 초혼제를 올렸다 전하는 장소이다. 그 이후 이곳에 초혼각을 세웠는데 지금은 세 개의 건물이 나란히 지어져 있다. 숙모전肅慕殿, 동계사東鷄祠, 삼은각三隱閣. 모두가 억울하게 죽어 간 분들, 살아서 그 뜻을 이루지 못한 분들의 영혼을 위로하기 위해 세워진 건물이다. 이것만 봐도 계룡산이 얼마나 넉넉한 품을 지닌 어머니의 산인지를 짐작하게 한다.

동학사는 비구니 사찰이다. 비구들만의 승가대학(동학승가대학)으로 예로부터 이름나 있다. 동학사의 현판은 아주 조그맣다. 그렇지만 글씨가 단아하여 그 자체가 한 위엄이요, 오래 묵었으되 낡지 않은 기품이다. 시간은 오후 4시 이쪽저쪽인데 연한 회색빛 옷을 입은 비구니들이 부산하게 움직이는 기척이 보였다. 벌써 오후 공부를 마치고 저녁 공양을 준비하는 시간인가 보다. 쓰레기를 나르기도 하고 무언가를 손에 들고 오고가기도 하고 서로 불러 이야기를 나누기도 했다. 스님들의 발길을 비켜 가며 대웅전을 돌면서 여러 장의 사진을 찍었다.

대웅전 좌우를 지키고 선 키가 큰 백목련 두 그루는 계곡이라 그런지 아직 봉오리를 열 기척이 없다. 꽃이 피면 장관이겠다 싶었다. 대웅전 돌계단을 올라서 대웅전을 등에 지고 바라보는 산경이 참으로 좋았다. 자리가 아늑한 곳이란 것을 그 자리에 와서 보고 비로소 알았다. 황적봉이 코끝에 있는 듯 가깝게 보였다. 대웅전 위로부터는 스님들의 생활공간이고 가장 위쪽에 외인 출입 금지 팻말이 붙어 있다. 예전에 왔을 땐 보지 못했는데 그 사이 새롭게 들어선 건물인 듯싶었다. 밖에서 들여다보니 '강설단'이라 이름이 되어 있고 처마 밑에 몇 대 승가대학학장 취임식이란 플래카드도 붙어 있었다. 승가대학 행사나 공개 강좌 같은 걸 하는 공간인 듯했다.

발길을 돌려 내려가려는데 날씨가 더욱 기울고 있었다. 오락가락하던 구름이 짙어지고 금방이라도 빗방울을 흩뿌린 태세였다. 공주로 가는 시내버스는 오후 6시 10분, 막차다. 시간이 많이 남았으므로 무작정 걷기로 했다. 내려오며 보니 도로 양쪽으로 선 벚꽃나무 기둥에 줄을 늘이고 등 같은 걸 매달고 있었다. 4월 5일부터 열흘간 열리는 봄꽃 축제 준비를 하는 것 같았다. 이것 또한 철저히 인간 중심적인 처사다. 정해진 날짜가 되면 엄청 많은 사람들이 몰려오리라. 축제가 시작되는 날엔 방송국 노래 자랑 녹화가 있다고 선전되어 있었다. 날씨가 그다지 좋지는 않았지만 서둘러 이렇게 다녀가기를 잘했구나 싶었다.

내려오면서 내려오면서 나는 어린아이처럼 해찰을 부렸다. 꽃을 만나면 꽃 앞에서 놀고 산봉우리가 나타나면 또 산봉우리 앞에서 잠시 발길을 멈추고 어리광을 떨었다. 점점 날씨가 흐려져 장군봉 높은 봉우리가 흐려져 잘 보이지 않았다. 제1·제2 학봉교, 두 개의 다리를 건너 용수천 표지판을 보면서 박정자 표지석이 있는 데까지 나왔다. 오는 길에 공주에서 들어오는 노랑색 시내버스를 보았다. 이제 돌아 나오는 저 버스를 타기만 하면 되는 일. 문득 나는 다녀나온 동학사, 계룡산을 다시 한번 바라보고 싶었다. 그러나 돌아다본 자리, 계룡산은 스스로 자신의 모든 풍경을 지워 버리고 있었다. 산이 높고 골이 깊으니 그의 속뜻도 깊었던가. 아무것도 보이는 것이 없었다. 계룡산은 이제 그만큼만 보여 주고 더 이상은 보여 주고 싶지 않으셨던 모양이었다.

동학사 대웅전 뜨락에 서기만 하면 산골 백목련의 전생까지도 환히 들여다보일 것처럼
정신이 맑아지곤 한다.

# 또다시 흐르는 꿈결 같은 봄

옛 공주박물관

 

오래된 공주 시가지에서 경관이 아름답고 전망이 빼어난 곳은 거의가 다 높은 지대에 있다. 옛 공주박물관(현 충청남도역사박물관)도 마찬가지이다. 이 일대는 앵산공원의 한 영역이었다고 한다. 주변에 벚나무 20여 그루와 우리나라에서는 귀한 나무에 속하는 금송金松 세 그루가 심겨 있다. 등치나 높이로 보아 수령이 꽤나 되어 보이는 나무들이다. 금송의 경우 적어도 70살은 넘어 보인다.

현재는 중앙공원으로 이름이 바뀌었지만 그 이전의 앵산공원이란 이름은 다분히 일본식 이름이다. 금송의 나이를 계산해 볼 때 충청남도 도청 소재지 이전과 관계가 있어 보인다. 충청남도 도청이 공주에서 대전으로 옮겨 간 것은 1932년. 올해(2008년)로 따져 76년 전의 일이 된다. 도청을 옮겨 갈 즈음해서 이곳에 공원을 조성하고 나무를 심었을 것이다. 그러고 보니 생각나는 것이 있다. 현재의 박물관 건물이 지어지기 이전에 박물관으로 사용되던 건물이다. 그

건물은 박물관으로 사용되고 있었지만 그 추녀에는 '선화당宣化堂'이란 현판이 붙어 있었다. 선화당이란 고을의 동헌에 해당되는 건물로 충청도 관찰사가 정무를 보던 관청이다. 충청남도 도청을 대전으로 옮기고 그 자리에 공주사범대학을 앉히면서 선화당 건물을 이곳 박물관 자리로 옮겨 왔겠지 싶다. 그리고 금송과 벚나무도 그때 심었을 것이다.

처음 공주에 와 사범학교를 다닐 때만 해도 공주박물관은 아주 엉성했다. 고작 옹기그릇이나 자기, 석기 시대의 유물 종류들이 전시된 채 휑뎅그렁했고 뜨락에는 돌로 된 유물 몇 점이 적막을 지키고 있을 뿐이었다. 새롭게 건물이 지어진 것은 1972년의 일이다. 이것은 바로 전해 7월에 발굴된 송산리 무령왕릉의 유물과 관계가 있다. 한 개의 무덤에서 출토된 유물이 왕과 왕비의 지석을 비롯하여 108종, 2,906점이나 되었고 그중에서 국보로 지정된 것만도 12종에 달했다. 이 엄청난 유물을 전시할 만한 공간이 마땅치 않아 서둘러 박물관 건물을 신축할 수밖에 없었으리라. 이렇게 지어져서 그런지 박물관 건물 자체가 무령왕릉을 상징하는 듯하다. 외부에서 풍기는 분위기도 그러하고 내부는 아예 무령왕릉의 내부 구조나 문양을 본떠 디자인되었다. 무덤 하나에서 나온 유물로 박물관 하나가 온전히 채워진 셈이다.

무령왕릉에서 출토된 왕과 왕비의 목관 재료가 금송으로 된 판자였다고 한다. 그러고 보면 박물관 뜨락에 금송 세 그루가 먼저 와

295

공주 중동천주교회에서 건너다본 옛 국립공주박물관 건물(현 충청남도역사박물관).

뿌리내리고 있는 것도 그다지 어색한 일만은 아닌 듯싶다. 이렇게 하여 선화당 건물은 초기 공주박물관으로서의 소임을 마치고 다시금 이사를 하였다. 옮겨진 곳은 연정국악원이 있고 국궁장인 관풍정이 있는 웅진동이다. 오랜 떠돌이 생활을 접고 정착하게 된 것이었다. 충청남도 유형문화재 92호로도 지정되었다.

한동안 공주박물관은 낮에는 개방되었지만 밤 시간은 철저히 통제된 공간이었다. 벚꽃이 피어나는 꽃철에도 밖에서만 벚꽃을 들여다보아야 하는 안타까움이 있었다. 이러한 시민들의 욕구를 알아차린 박물관 측에서 단계적으로 날짜를 정하여 1주일에서 10일 정도씩 개방을 하기 시작했다. 그런 뒤로는 아예 그 기간에 벚꽃 축제를 갖기도 했다. 여러 가지 전시회도 하고 음악회도 열었는데, 우리 문인들은 공주문인협회 주관으로 시화전을 여러 차례 하기도 했다. 또 그 가운데 한 날 저녁 시간을 택하여 내가 참여하는 〈금강시마을〉 회원을 중심으로 시 낭독회를 갖기도 했다.

아마도 2000년대 초반 몇 해 동안이었지 싶다. 시 낭독회의 일이 참 좋았다. 흐드러진 벚꽃 아래서 시 낭독을 하려면 벚꽃 향기가 가슴 깊이 스며들곤 했다. 어떤 회원이 시를 읽고 있는 도중인데 벚꽃이 무더기로 떨어져 참석한 모든 사람들이 환호를 한 적도 있다. 아주 높은 가지에 매달려 있던 꽃잎들이 불어오는 바람에 한꺼번에 떨어져 마치 소낙비가 내리는 듯했고 함박눈이 쏟아지는 듯했다. 분명 그것은 꽃비였을 것이다. 꽃으로 변한 함박눈이었을 것이다.

옛 공주박물관 가까이에 공주 지역에서 가장 연조가 깊은 학교인 영명중·고등학교가 있다. 학교의 역사를 말해 주듯 큰 나무 그늘 아래 어린 학생들이 앉아서 이야기하고 있다.

사람들은 시 낭독도 잊어버리고 약속이라도 한 듯 와 소리를 지르기도 했다. 폭포처럼 날리던 그날 밤의 벚꽃을 잊을 수가 없다. 그자리에 함께했던 정다운 얼굴들 하나하나를 또한 잊을 수가 없다.

옛 공주박물관 터는 공주의 이런저런 굵직한 역사적 사건과 맞물려 오늘에 이르렀다. 많이도 변해 왔다. 지어졌다 헐렸다 한 건물들. 왔다가 떠난 사람들이며 기관들. 그래도 여전한 것은 계절이고 자연이다. 봄이 되면 어김없이 개나리 덤불에 개나리꽃 피어나고 벚나무에 벚꽃이 피어난다. 박물관 벚꽃이 피면 공주 사람들은 누구나 한두 차례 꽃구경을 온다. 참으로 장관인 것이다. 멀리서 보면 분홍의 꽃구름이거나 꽃동산이다. 박물관 언저리는 벚꽃 구름에 가려 있는 것처럼 보이기도 하고, 벚꽃 바다에 잠긴 섬처럼 보이기도 한다. 안에 들어와 보면 더더욱 환상적이다. 코끝이 아릴 정도의 꽃향기며 붕붕거리는 벌 떼들의 소리가 하늘에 터널을 만든 것 같다. 벚꽃 사이로 어른거리는 금송은 또 봄 햇빛에 더욱 윤기 흐르는 초록색을 자랑한다.

인간의 일은 허무하고도 무정하게 흘러가고 변해 버리지만 자연만은 유정하게 유신有信하게 제자리를 찾아 돌아온다. 올해도 살아서 옛 공주박물관 벚꽃, 그 꽃구름을 마주한다. 또다시 이렇게 벚꽃을 보면서 한 차례 봄날이 꿈결같이 흘러가는가 보다.

## 미루지 말라


벚꽃은 성질이 급하다
화난 여자가 활활 옷을 벗어버리듯
꽃을 피웠다가 또
갑자기 변덕이 나 주섬주섬 옷을 챙겨 입듯
꽃들을 떨구고 새잎을 내민다

벚꽃만 그런 게 아니다
모든 꽃들은 성질이 급하다
서둘러야 한다
서둘러 만나러 가야 한다
그러지 않으면 자칫 만나지 못하게 된다
적어도 1년은 기다려야 한다

하긴 꽃만 그런 게 아니다
우리네 인생도 그렇다
기쁜 날, 좋은 날, 그리고 젊은 날이
얼마나 빨리 가는가
순식간이다, 서둘러야 한다

꽃을 보기 위해서라도 일찍 잠에서 깨어나고
늦게 잠들어야 할 일이다
옛 공주박물관 벚꽃 보러 갈려면
바로 오늘 지금이다, 미루지 말라.